中国现当代文学作品选

zhongguo xiandangdai wenxue zuopinxuan

主 编 | 徐 平　李少慧
副主编 | 曾 敏
顾 问 | 宋延军　胡 莉

重庆大学出版社

图书在版编目（CIP）数据

中国现当代文学作品选 / 徐平，李少慧主编. 一重

庆：重庆大学出版社，2016.9（2021.2重印）

ISBN 978-7-5689-0065-2

Ⅰ.①中… Ⅱ.①徐… ②李… Ⅲ.①中国文学一现

代文学一作品综合集②中国文学一当代文学一作品综

合集 Ⅳ.①I216.1

中国版本图书馆CIP数据核字（2016）第192832号

中国现当代文学作品选
ZHONGGUO XIANDANGDAI WENXUE ZUOPIN XUAN

主 编 徐 平 李少慧

副主编 曾 敏

顾 问 宋延军 胡 莉

责任编辑：陈一柳　　版式设计：原豆设计（肖同同 杨 晗）

责任校对：谢 芳　责任印制：赵 晟

*

重庆大学出版社出版发行

出版人：饶帮华

社址：重庆市沙坪坝区大学城西路21号

邮编：401331

电话：（023）88617190　88617185（中小学）

传真：（023）88617186　88617166

网址：http://www.cqup.com.cn

邮箱：fxk@cqup.com.cn（营销中心）

全国新华书店经销

重庆华林天美印务有限公司印刷

*

开本：787mm×1092mm　1/16　印张：12.25　字数：208千

2016年9月第1版　　2021年2月第6次印刷

ISBN 978-7-5689-0065-2　定价：29.00元

前　言

　　本书从艺术类学生的实际出发，引导大学生熟悉和理解现当代文学史上富有代表性的经典作品，提高文学阅读和鉴赏能力，从而培养大学生的现代人文素质与综合实践能力。

　　本书围绕"能说会道、能唱会跳、能编会导、能拍会照"的"四能四会"人才培养方针，精选在文学史上产生过深远影响的名家名篇。结合艺术类学生的兴趣、爱好编写而成，全书分为五部分：雅文意趣、谈美论艺、乐音曲歌、诗情舞韵、推荐赏析。同时，"思考与练习"中的问题，多为启发式，不设置固定性的答案，便于激发学生学习的积极性；"拓展篇目"可以帮助学生储备更多的文学知识，使学生在比较中扩展视野。

　　《中国现当代文学作品选》是重庆文化艺术职业学院从事文学教学的老师们多年教学经验的积累。因此，它首先是一部简明实用的教学用书，为艺术类大学生提供一部篇幅不大、内容精要的文学经典作品选本，同时，也适于广大文学爱好者阅读和珍藏。

　　在主编徐平的统筹下，所有编写人员献计献策、共同努力，本书经多次使用、修改后不断完善。主要编写人员和章节如下：第一单元—第五单元由徐平和李少慧编写，附录由曾敏编写，宋延军、胡莉为顾问。本书由重庆大学出版社编辑出版，在此表示衷心的感谢。

　　本书中引用了名人名家的作品，由于无法联系到作者，不能及时支付稿费，在此表示抱歉。如果作者有任何问题，请及时与本书作者联系。

编　者

2016年5月

目录

第三单元　谈美论艺

第四单元　乐音曲歌

第五单元　诗情舞韵

附　录

第一单元

雅文

YAWEN YIQU

意趣

（一）

怀念萧珊

■ 巴 金

一

今天是萧珊逝世的六周年纪念日。六年前的光景还非常鲜明地出现在我的眼前。那一天我从火葬场回到家中，一切都是乱糟糟的，过了两三天我渐渐地安静下来了，一个人坐在书桌前，想写一篇纪念她的文章。在五十年前我就有了这样一种习惯：有感情无处倾吐时我经常求助于纸笔。可是一九七二年八月里那几天，我每天坐三四个小时望着面前摊开的稿纸，却写不出一句话。我痛苦地想，难道给关了几年的"牛棚"，真的就变成"牛"了？头上仿佛压了一块大石头，思想好像冻结了一样。我索性放下笔，什么也不写了。

六年过去了。林彪、"四人帮"及其爪牙们的确把我搞得很"狼狈"，但我还是活下来了，而且偏偏活得比较健康，脑子也并不糊涂，有时还可以写一两篇文章。最近我经常去火葬场，参加老朋友们的骨灰安放仪式。在大厅里，我想起许多事情。同样地奏着哀乐，我的思想却从挤满了人的大厅转到只有二三十个人的中厅里去了，我们正在用哭声向萧珊的遗体告别。我记起了《家》里面觉新说过的一句话："好像珏死了，也是一个不祥的鬼。"四十七年前我写这句话的时候，怎么想得到我是在写自己！我没有流眼泪，可是我觉得有无数锋利的指甲在搔我的心。我站在死者遗体旁边，望着那张惨白色的脸，那两片咽下千言万语的嘴唇，我咬紧牙齿，在心里唤着死者的名字。我想，我比她大十三岁，为什么不让我先死？我想，这是多不公平！她究竟犯了什么罪？她也给关进"牛棚"，挂上"牛鬼蛇神"的小纸牌，还扫过马路。究竟为什么？理由很简单，她是我的妻子。她患了病，得不到治疗，也因为她是我的妻子。想尽办法一直到逝世前三个星期，靠开后门她才住进医院。但是癌细胞已经扩散，肠癌变成了肝癌。

她不想死，她要活，她愿意改造思想，她愿意看到社会主义建成。

这个愿望总不能说是痴心妄想吧。她本来可以活下去，倘使她不是"黑老K"的"臭婆娘"。一句话，是我连累了她，是我害了她。

在我靠边的几年中间，我所受到的精神折磨她也同样受到。但是我并未挨过打，她却挨了"北京来的红卫兵"的铜头皮带，留在她左眼上的黑圈好几天后才褪尽。她挨打只是为了保护我，她看见那些年轻人深夜闯进来，害怕他们把我揪走，便溜出大门，到对面派出所去，请民警同志出来干预。

那里只有一个人值班，不敢管。当着民警的面，她被他们用铜头皮带狠狠抽了一下，给押了回来，同我一起关在马桶间里。

她不仅分担了我的痛苦，还给了我不少的安慰和鼓励。在"四害"横行的时候，我在原单位(中国作家协会上海分会)给人当作"罪人"和"贱民"看待，日子十分难过，有时到晚上九十点钟才能回家。我进了门看到她的面容，满脑子的乌云都消散了。我有什么委屈、牢骚，都可以向她尽情倾吐。有一个时期我和她每晚临睡前要服两粒眠尔通才能够闭眼，可是天刚刚发白就都醒了。我唤她，她也唤我。我诉苦般地说："日子难过啊！"她也用同样的声音回答："日子难过啊！"但是她马上加一句："要坚持下去。"或者再加一句："坚持就是胜利。"我说"日子难过"，因为在那一段时间里，我每天在"牛棚"里面劳动、学习、写交代、写检查、写思想汇报。任何人都可以责骂我、教训我、指挥我。从外地到"作协分会"来串联的人可以随意点名叫我出去"示众"，还要自报罪行。上下班不限时间，由管理"牛棚"的"监督组"随意决定。任何人都可以闯进我家里来，高兴拿什么就拿走什么。这个时候大规模的群众性批斗和电视批斗大会还没有开始，但已经越来越逼近了。

她说"日子难过"，因为她给两次揪到机关，靠边劳动，后来也常常参加陪斗。在淮海中路"大批判专栏"上张贴着批判我的罪行的大字报，我一家人的名字都给写出来"示众"，不用说"臭婆娘"的大名占着显著的地位。这些文字像虫子一样咬痛她的心。她让上海戏剧学院"狂妄派"学生突然袭击，揪到"作协分会"去的时候，在我家大门上还贴了一张揭露她的所谓罪行的大字报。幸好当天夜里我儿子把它撕毁，否则这一张大字报就会要了她的命！

人们的白眼，人们的冷嘲热骂蚕蚀着她的身心。我看出来她的健康逐渐遭到损害。表面上的平静是虚假的。内心的痛苦像一锅煮沸的水，她怎么能遮盖住！怎样能使它平静！她不断地给我安慰，对我表示信任，替我感到不平。然而她看到我的问题一天天地变得严重，上面对我的压力一天天地增加，她又非常担心。有时同我一起上班或者下班，走进巨鹿路口，快到"作协分会"，或者走进南湖路口，快到我们家，她总是抬不起头。我理解她，同情她，也非常担心她经受不起沉重的打击。我记得有一天到了平常下班的时间，我们没有受到留难，回到家里她比较高兴，到厨房去烧菜。我翻看当天的报纸，在第三版上看到当时做了"作协分会"的"头头"的两个工人作家写的文章《彻底揭露巴金的反革命真面目》。真是当头一棒！我看了两三行，连忙把报纸藏起来，我害怕让她看见。她端着烧好的菜出来，脸上还带着笑容，吃饭时她有说有笑。饭后她要看报，我企图把她的注意力引到别处。但是没有用，她找到了报纸。她的笑容一下子完全消失。这一夜她再没有讲话，早早地进了房间。我后来发现她躺在床上小声哭着。一个安静的夜晚给破坏了。今天回想当时的情景，她那张满是泪痕的脸还在我的眼前。我多么愿意让她的泪痕消失，笑容在她憔悴的脸上重现，即使减少我几年的生命来换取我们家庭生活中一个宁静的夜晚，我也心甘情愿！

二

我听周信芳同志的媳妇说，周的夫人在逝世前经常被打手们拉出去当作皮球推来推去，打得遍体鳞伤。有人劝她躲开，她说："我躲开，他们就要这样对付周先生了。"萧珊并未受到这种新式体罚，可是她在精神上给别人当皮球打来打去。她也有这样的想法：她多受一点精神折磨，可以减轻对我的压力。其实这是她一片痴心，结果只苦了她自己。我看见她一天天地憔悴下去，我看见她的生命之火逐渐熄灭，我多么痛心。我劝她，我安慰她，我想拉住她，一点也没有用。

她常常问我："你的问题什么时候才解决呢？"我苦笑说："总有一天会解决的。"她叹口气说："我恐怕等不到那个时候了。"后来她病倒了，有人劝她打电话找我回家，她不知从哪里得来的消息，她说："他在写检查，不要打岔他。他的问题大概可以解决了。"等到我从五·七干校回家休假，她已经不能起床。她还问我检查写得怎样，问题是否可以解决。我当时的确在写检查，而且已经写了好几次了。他们要我写，只是为了消耗我的生命。但她怎么能理解呢？

这时离她逝世不过两个多月，癌细胞已经扩散，可是我们不知道，想找医生给她认真检查一次，也毫无办法。平日去医院挂号看门诊，等了许久才见到医生或者实习医生，随便给开个药方就算解决问题。只有在发烧到摄氏三十九度才有资格挂急诊号，或者还可以在病人拥挤的观察室里待上一天半天。当时去医院看病找交通工具也很困难，常常是我女婿借了自行车来，让她坐在车上，他慢慢地推着走。有一次她雇到小三轮车去看病，看好门诊回家雇不到车了，只好同陪她看病的朋友一起慢慢地走回来，走走停停，走到街口，她快要倒下了，只得请求行人到我们家通知，她一个表侄正好来探病，就由他去把她背回家。她希望拍一张 X 光片子查一查肠子有什么病，但是办不到。后来靠了她一位亲戚帮忙开后门两次拍片，才查出她患肠癌。以后又靠朋友设法开后门住进了医院。她自己还很高兴，以为得救了。只有她一个人不知道真实的病情，她在医院里只活了三个星期。

　　我休假回家假期满了，我又请过两次假，留在家里照料病人，最多也不到一个月。我看见她病情日趋严重，实在不愿意把她丢开不管，我要求延长假期的时候，我们那个单位的一个"工宣队"头头逼着我第二天就回干校去。我回到家里，她问起来，我无法隐瞒。她叹了口气，说"你放心去吧。"她把脸掉过去，不让我看见她。我女儿、女婿看到这种情景，自告奋勇地跑到巨鹿路向那位"工宣队"头头解释，希望同意我在市区多留些日子照料病人。可是那个头头"执法如山"，还说：他不是医生，留在家里，有什么用！"留在家里对他改造不利！"他们气愤地回到家中，只说机关不同意，后来才对我传达了这句"名言"。我还能讲什么呢？明天回干校去！

　　整个晚上她睡不好，我更睡不好。出乎意外，第二天一早我那个插队落户的儿子在我们房间里出现了，他是昨天半夜里到的。他得了家信，请假回家看母亲，却没有想到母亲病成这样。我见了他一面，把他母亲交给他，就回干校去了。

　　在车上我的情绪很不好。我实在想不通为什么会有这样的事情。我在干校待了五天，无法同家里通消息。我已经猜到她的病不轻了，可是人们不让我过问她的事情。这五天是多么难熬的日子！到第五天晚上在干校的造反派头头通知我们全体第二天一早回市区开会。这样我才又回到了家，见到了我的爱人。靠了朋友帮忙，她可以住进中山医院肝癌病房，一切都准备好，她第二天就要住院了。她多么希望住院前见我一面，我终于回来了。连我也没有想到她的病情发展得这么快。我们见了面，我一句话也讲不出来。她说了一句："我到底住院了。"我答说："你安心治疗吧。"她父亲也来看她，老人家双目失明，去医院探病有困难，可能是来同他的女儿告别了。

我吃过中饭，就去参加给别人戴上反革命帽子的大会，受批判、戴帽子的不止一个，其中有一个我的熟人王若望同志，他过去也是作家，不过比我年轻。我们一起在"牛棚"里关过一个时期，他的罪名是"摘帽右派"。他不服，不听话，他贴出大字报，声明"自己解放自己"，因此罪名越搞越大，给提去关了一个时期还不算，还戴上了反革命的帽子监督劳动。在会场里我一直像在做怪梦。开完会回家，见到萧珊我感到格外亲切，仿佛重回人间，可是她不舒服，不想讲话，偶尔讲一句半句。我还记得她讲了两次："我看不到了。"我连声问她看不到什么？她后来才说："看不到你解放了。"我还能再讲什么呢？

我儿子在旁边，垂头丧气，精神不好，晚饭只吃了半碗，像是患感冒。她忽然指着他小声说："他怎么办呢？"他当时在安徽山区已经待了三年半，政治上没有人管，生活上不能养活自己，而且因为是我的儿子，给剥夺了好些公民权利。他先学会沉默，后来又学会抽烟。我怀着内疚的心情看看他，我后悔当初不该写小说，更不该生儿育女。我还记得前两年在痛苦难熬的时候她对我说："孩子们说爸爸做了坏事，害了我们大家。"这好像用刀子在割我身上的肉。我没有出声，我把泪水全吞在肚里。她睡了一觉醒过来忽然问我："你明天不去了？"我说："不去了。"就是那个"工宣队"头头今天通知我不用再去干校就留在市区。他还问我："你知道萧珊是什么病？"我答说："知道。"其实家里瞒住我，不给我知道真相，我还是从他这句问话里猜到的。

三

第二天早晨她动身去医院，一个朋友和我女儿、女婿陪她去。她穿好衣服等候车来。她显得急躁，又有些留恋，东张张西望望，她也许在想是不是能再看到这里的一切。我送走她，心上反而加了一块大石头。

将近二十天里，我每天去医院陪伴她大半天。我照料她，我坐在病床前守着她，同她短短地谈几句话。她的病情恶化，一天天衰弱下去，肚子却一天天大起来，行动越来越不方便。当时病房里没有人照料，生活方面除饭食外一切都必须自理。后来听同病房的人称赞她"坚强"，说她每天早晚都默默地挣扎着下了床，走到厕所。医生对我们谈起，病人的身体经不住手术，最怕的是她肠子堵塞，要是不堵塞，还可以拖延一个时期。她住院后的半个月是一九六六年八月以来我既感到痛苦又感到幸福的一段时间，是我和她在一起度过的最后的平静的时刻，我今天还不能将它忘记。但是半个月以后，她的病情有了发展，一天吃中饭的时候，医生通知我儿子找我去谈话。他告诉我：病人的肠子给堵住了，必须开刀。开刀不一定有把握，也许中途出毛病。但是不开刀，后果更不堪设想。他要我决定，并且要我劝她同意。我做了决定，就去病房对她解释。我讲完话，她只说了一句："看来，我们要分别了。"她望着我，眼睛里全是泪水。我说："不会的……"我的声音哑了。接着护士长来安慰她，对她说："我陪你，不要紧的。"她回答："你陪我就好。"时间很紧迫，医生、护士们很快作好准备，她给送进手术室去了，是她表侄把她推到手术室门口的，我们就在外面走廊上等了好几个小时，等到她平安地给送出来，由儿子把她推回到病房去。儿子还在她身边守过一个夜晚。过两天他也病倒了，查出来他患肝炎，是从安徽农村带回来的。本来我们想瞒住他的母亲，可是无意间让他母亲知道了。她不断地问："儿子怎么样？"我自己也不知道儿子怎么样，我怎么能使她放心呢？晚上回到家，走进空空的、静静的房间，我几乎要叫出声来："一切都朝我的头打下来吧，让所有的灾祸都来吧。我受得住！"

我应当感谢那位热心而又善良的护士长，她同情我的处境，要我把儿子的事情完全交给她办。她作好安排，陪他看病、检查，让他很快住进别处的隔离病房，得到及时的治疗和护理。他在隔离房里苦苦地等候母亲病情的好转。母亲躺在病床上，只能有气无力地说几句短短的话，她经常问："棠棠怎么样？"从她那双含泪的眼睛里我明白她多么想看见她最爱的儿子。但是她已经没有精力多想了。

她每天给输血，打盐水针。她看见我去就断断续续地问我："输多少西西的血？该怎么办？"我安慰她："你只管放心。没有问题，治病要紧。"她不止一次地说："你辛苦了。"我有什么苦呢？我能够为我最亲爱的人做事情，哪怕做一件小事，我也高兴！后来她的身体更不行了。医生给她输氧气，鼻子里整天插着管子。她几次要求拿开，这说明她感到难受，但是听了我们的劝告，她终于忍受下去了。开刀以后她只活了五天。谁也想不到她会去得这么快！五天中间我整天守在病床前，默默地望着她在受苦（我是设身处地感觉到这样的），可是她除了两三次要求搬开床前巨大的氧气筒，三四次表示担心输血较多付不出医药费之外，并没有抱怨过什么。见到熟人她常有这样一种表情：请原谅我麻烦了你们。她非常安静，但并未昏睡，始终睁大两只眼睛。眼睛很大、很美、很亮。我望着，望着，好像在望快要燃尽的烛火。我多么想让这对眼睛永远亮下去！我多么害怕她离开我！我甚至愿意为我那十四卷"邪书"受到千刀万剐，只求她能安静地活下去。

不久前我重读梅林写的《马克思传》，书中引用了马克思给女儿的信里一段话，讲到马克思夫人的死。信上说："她很快就咽了气……这个病具有一种逐渐虚脱的性质，就像由于衰老所致一样。甚至在最后几小时也没有临终的挣扎，而是慢慢地沉入睡乡。她的眼睛比任何时候都更大、更美、更亮！"这段话我记得很清楚。马克思夫人也死于癌症。我默默地望着萧珊那对很大、很美、很亮的眼睛，我想起这段话，稍微得到一点安慰。听说她的确也"没有临终的挣扎"，也是"慢慢地沉入睡乡"。我这样说，因为她离开这个世界的时候，我不在她的身边。那天是星期天，卫生防疫站因为我们家发现了肝炎病人，派人上午来做消毒工作。她的表妹有空愿意到医院去照料她，讲好我们吃过中饭就去接替。没有想到我们刚刚端起饭碗，就得到传呼电话，通知我女儿去医院，说是她妈妈"不行"了。真是晴天霹雳！我和我女儿、女婿赶到医院。她那张病床上连床垫也给拿走了。别人告诉我她在太平间。我们又下了楼赶到那里，在门口遇见表妹。还是她找人帮忙把"咽了气"的病人抬进来的。死者还不曾给放进铁匣子里送进冷库，她躺在担架上，但已经白布床单包得紧紧的，看不到面容了。我只看到她的名字。我弯下身子，把地上那个还有点人形的白布包拍了好几下，一面哭唤着她的名字。不过几分钟的时间，这算是什么告别呢？

据表妹说，她逝世的时刻，表妹也不知道。她曾经对表妹说："找医生来。"医生来过，并没有什么。后来她就渐渐地"沉入睡乡"。表妹还以为她在睡眠。一个护士来打针，才发觉她的心脏已经停止跳动了。我没有能同她诀别，我有许多话没有能向她倾吐，她不能没有留下一句遗言就离开我！我后来常常想，她对表妹说"找医生来"，很可能不是"找医生"，是"找李先生"（她平日这样称呼我）。为什么那天上午偏偏我不在病房呢？家里人都不在她身边，她死得这样凄凉！

我女婿马上打电话给我们仅有的几个亲戚。她的弟媳赶到医院，马上晕了过去。三天以后在龙华火葬场举行告别仪式。她的朋友一个也没有来，因为一则我们没有通知，二则我是一个审查了将近七年的对象。没有悼词没有吊客，只有一片伤心的哭声。我衷心感谢前来参加仪式的少数亲友和特地来帮忙的我女儿的两三个同学，最后，我跟她的遗体告别，女儿望着遗容哀哭，儿子在隔离房还不知道把他当作命根子的妈妈已经死亡。值得一提的是她当作自己儿子照顾了好些年的一位亡友的男孩从北京赶来，只为了见她最后一面。这个整天同钢铁打交道的技术员，他的心倒不像钢铁那样。他得到电报以后，他爱人对他说："你去吧，你不去一趟，你的心永远安定不了。"我在变了形的她的遗体旁边站了一会。别人给我和她照了像。我痛苦地想：这是最后一次了，即使给我们留下来很难看的形象，我也要珍视这个镜头。

　　一切都结束了。过了几天我和女儿、女婿到火葬场，领到了她的骨灰盒。在存放室寄存了三年之后，我按期把骨灰盒接回家里。有人劝我把她的骨灰安葬，我宁愿让骨灰盒放在我的寝室里，我感到她仍然和我在一起。

四

　　梦魇一般的日子终于过去了。六年仿佛一瞬间似的远远地落在后面了。其实哪里是一瞬间！这段时间里有多少流着血和泪的日子啊。不仅是六年，从我开始写这篇短文到现在又过去了半年，半年中我经常在火葬场的大厅里默哀，行礼，为了纪念给"四人帮"迫害致死的朋友。想到他们不能把个人的智慧和才华献给社会主义祖国，我万分惋惜。每次戴上黑纱插上纸花的同时，我也想起我自己最亲爱的朋友，一个普通的文艺爱好者，一个成绩不大的翻译工作者，一个心地善良的人。她是我生命的一部分，她的骨灰里有我的泪和血。

　　她是我的一个读者。一九三六年我在上海第一次同她见面。一九三八年和一九四一年我们两次在桂林像朋友似的住在一起。一九四四年我们在贵阳结婚。我认识她的时候，她还不到二十，对她的成长我应当负很大的责任。她读了我的小说，给我写信，后来见到了我，对我发生了感情。她在中学念书，看见我以前，因为参加学生运动被学校开除，回到家乡住了一个短时期，又出来进另一所学校。倘使不是为了我，她三七、三八年一定去了延安。她同我谈了八年的恋爱，后来到贵阳旅行结婚，只印发了一个通知，没有摆过一桌酒席。从贵阳我和她先后到了重庆，住在民国路文化生活出版社门市部楼梯下七八个平方米的小屋里。她托人买了四只玻璃杯开始组织我们的小家庭。她陪着我经历了各种艰苦生活。在抗日战争紧张的时期，我们一起在日军进城以前十多个小时逃离广州，我们从广东到广西，从昆明到桂林，从金华到温州，我们分散了，又重见，相见后又别离。在我那两册《旅途通讯》中就有一部分这种生活的记录。四十年前有一位朋友批评我："这算什么文章！"我的《文集》出版后，另一位朋友认为我不应当把它们也收进去。他们都有道理。两年来我对朋友、对读者讲过不止一次，我决定不让《文集》重版。但是为我自己，我要经常翻看那两小册《通讯》。在那些年代，每当我落在困苦的境地里、朋友们各奔前程的时候，她总是亲切地在我耳边说："不要难过，我不会离开你，我在你的身边。"的确，只有她最后一次进手术室之前她才说过这样一句："我们要分别了。"

　　我同她一起生活了三十多年。但是我并没有好好地帮助过她。她比我有才华，却缺乏刻苦钻研的精神。我很喜欢她翻译的普希金和屠格涅夫的小说。虽然译文并不恰当，也不是普希金和屠格涅夫的风格，它们却是有创造性的文学作品，阅读它们对我是一种享受。她想改变自己的生活，不愿作家庭妇女，却又缺少吃苦耐劳的勇气。她听一个朋友的劝告，得到后来也是给"四人帮"迫害致死的叶以群同志的同意，到《上海文学》"义务劳动"，也做了一点点工作，然而在运动中却受到批判，说她专门向老作家组稿，又说她是我派去的"坐探"。她为了改造思想，想走捷径，要求参加"四清"运动，找人推荐到某铜厂的工作组工作，工作相当忙碌、紧张，她却精神愉快。但是到我快要靠边的时候，她也被叫回"作协分会"参加运动。她第一次参加这种急风暴雨般的斗争，而且是以反动权威家属的身份参加，她不知道该怎么办才好。她张皇失措，坐立不安，替我担心，又为儿女们的前途忧虑。她盼望什么人向她伸出援助的手，可是朋友们离开了她，"同事们"拿她当作箭靶，还有人想通过整她来整我。她不是"作协分会"或者刊物的正式工作人员，可是仍然被"勒令"靠边劳动、站队挂牌，放回家以后，又给揪到机关。她怕人看见，每天大清早起来，拿着扫帚出门，扫得精疲力尽，才回到家里，关上大门，吐了一口气。但有时她还碰到上学去的小孩，对她叫骂"巴金的臭婆娘"。我偶尔看见她拿着扫帚回来，不敢正眼看她，我感到负罪的心情，这是对她的一个致命的打击。不到两个月，她病倒了，以后就没有再出去扫街（我妹妹继续扫了一个时期），但是也没有完全恢复健康。尽管她还继续拖了四年，但一直到死她并不曾看到我恢复自由。这就是她的最后，然而绝不是她的结局。她的结局将和我的结局连在一起。

我绝不悲观。我要争取多活。我要为我们社会主义祖国工作到生命的最后一息。在我丧失工作能力的时候，我希望病榻上有萧珊翻译的那几本小说。等到我永远闭上眼睛，就让我的骨灰同她的掺和在一起。

选自巴金《随想录》，北京三联书店，1987 年版。

► ［作者简介］

巴金（1904—2005），原名李尧棠，另有笔名有佩竿、极乐、黑浪、春风等，字芾甘。汉族，四川成都人，祖籍浙江嘉兴。中国作家、翻译家、社会活动家、无党派爱国民主人士。巴金 1904 年 11 月生在四川成都一个封建官僚家庭里，五四运动后，巴金深受新潮思想的影响，并在这种思想的影响下开始了他个人的反封建斗争。1923 年，巴金离家赴上海、南京等地求学，从此开始了他长达半个世纪的文学创作生涯。

巴金在"文化大革命"后撰写的《随想录》，内容朴实、感情真挚，充满着作者的忏悔和自省，因此被誉为"二十世纪中国文学的良心"。

主要作品有长篇小说"激流三部曲"（《家》《春》《秋》）、"爱情三部曲"（《雾》《雨》《电》）、《寒夜》等，中篇小说《憩园》《第四病室》等，短篇小说集《复仇集》《光明集》《电椅集》等，散文合集《海行》《旅途随笔》《巴金自传》《点滴》《生之忏悔》《忆》《短简》《控诉》《华沙城的节日》《生活在英雄们的中间》《保卫和平的人们》等，文学译著《父与子》《快乐王子》《癞蛤蟆与玫瑰花》《屠格涅夫中短篇小说集》等，传记忆作《我的生活故事》《我的自传》《狱中记》《狱中十二年》《回忆录选》等，理论译作《面包与自由》《人生哲学：其起源及其发展》《告青年》《西班牙的日记》等。

我很重要

■ 毕淑敏

当我说出"我很重要"这句话的时候，颈项后面掠过一阵战栗。我知道这是把自己的额头裸露在弓箭之下了，心灵极容易被别人的批判洞伤。许多年来，没有人敢在光天化日下表示自己"很重要"。我们从小受到的教育都是——"我不重要"。

作为一名普通士兵，与辉煌的胜利相比，我不重要。

作为一个单薄的个体，与浑厚的集体相比，我不重要。

作为一位奉献型的女性，与整个家庭相比，我不重要。

作为随处可见的人的一分子，与宝贵的物质相比，我们不重要。

我们——简明扼要地说，就是每一个单独的"我"——到底重要还是不重要？

我是由无数星辰日月、草木山川的精华汇聚而成的。只要计算一下我们一生吃进去多少谷物，饮下了多少清水，才凝聚成这具美好的躯体，我们一定会为那数字的庞大而惊讶。平日里，我们尚要珍惜一粒米、一叶菜，难道可以对亿万粒菽粟、亿万滴甘露濡养的万物之灵，掉以丝毫的轻心吗？

当我在博物馆里看到北京猿人窄小的额和前凸的吻时，我为人类原始时期的粗糙而黯然。他们精心打制出的石器，用今天的目光看来不过是极简单的玩具。如今很幼小的孩童，就能熟练地操纵语言，我们才意识到人类已经在进化之路上前进了多远。我们的头颅就是一部历史，无数祖先进步的痕迹储存于脑海深处。我们是一株亿万年苍老树干上最新萌发的绿叶，不单属于自身，更属于土地。人类的精神之火，是连绵不断的链条，作为精致的一环，我们否认了自身的重要，就是推卸了一种神圣的承诺。

回溯我们诞生的过程，两组生命基因的嵌合，更是充满了人所不能把握的偶然性。我们每一个个体，都是机遇的产物。

常常遥想，如果是另一个男人和另一个女人，就绝不会有今天的我……

即使是这一个男人和这一个女人，如果换了一个时辰相爱，也不会有此刻的我……

即使是这一个男人和这一个女人在这一个时辰，由于一片小小落叶或是清脆鸟啼的打搅，依然可能不会有如此的我……

一种令人怅然以至走入恐惧的想象，像雾蔼一般不可避免地缓缓升起，模糊了我们的来路和去处，令人不得不断然打住思绪。

我们的生命，端坐于概率垒就的金字塔的顶端。面对大自然的鬼斧神工，我们还有权利和资格说我不重要吗？

对于我们的父母，我们永远是不可重复的孤本。无论他们有多少儿女，我们都是独特的一个。

假如我不存在了，他们就空留一份慈爱，在风中蛛丝般飘荡。

假如我生了病，他们的心就会皱缩成石块，无数次向上苍祈祷我的康复，甚至愿灾痛以十倍的烈度降临于他们自身，以换取我的平安。

我的每一滴成功，都如同经过放大镜，进入他们的瞳孔，摄入他们的心底。

假如我们先他们而去，他们的白发会从日出垂到日暮，他们的泪水会令太平洋为之涨潮。

面对这无法承载的亲情，我们还敢说我不重要吗？

我们的记忆，同自己的伴侣紧密地缠绕在一处，像两种混淆于一碟的颜色，已无法分开。你原先是黄，我原先是蓝，我们共同的颜色是绿，绿得生机勃勃，绿得苍翠欲滴。失去了妻子的男人，胸口就缺少了生死攸关的肋骨，心房裸露着，随着每一阵轻风滴血。失去了丈夫的女人，就是齐斩斩折断的琴弦，每一根都在雨夜长久地自鸣……面对相濡以沫的同道，我们忍心说我不重要吗？

俯对我们的孩童，我们是至高至尊的唯一。我们是他们最初的宇宙，我们是深不可测的海洋。假如我们隐去，孩子就永失淳厚无双的血缘之爱，天倾西北，地陷东南，万劫不复。盘子破裂可以粘起，童年碎了，永不复原。伤口流血了，没有母亲的手为他包扎。面临抉择，没有父亲的智慧为他谋略……面对后代，我们有胆量说我不重要吗？

与朋友相处，多年的相知，使我们仅凭一个微蹙的眉尖、一次睫毛的抖动，就可以明了对方的心情，假如我不在了，就像计算机丢失了一份不曾复制的文件，他的记忆库里留下不可填补的黑洞。夜深人静时，手指在揿了几个电话键码后，骤然停住，那一串数字再也用不着默诵了。逢年过节时，她写下一沓沓的贺卡。轮到我的地址时，她闭上眼睛……许久之后，她将一张没有地址只有姓名的贺卡填好，在无人的风口将它焚化。

相交多年的密友，就如同沙漠中的古陶，摔碎一件就少一件，再也找不到一模一样的成品。面对这般友情，我们还好意思说我不重要吗？

我很重要。

我对于我的工作我的事业，是不可或缺的主宰。我的独出心裁的创意，像鸽群一般在天空翱翔，只有我才捉得住它们的羽毛。我的设想像珍珠一般散落在海滩上，等待着我把它用金线串起。我的意志向前延伸，直到地平线消失的远方……

没有人能替代我，就像我不能替代别人。我很重要。

我对自己小声说。我还不习惯嘹亮地宣布这一主张，我们在不重要中生活得太久了。

我很重要。

我重复了一遍。声音放大了一点。我听到自己的心脏在这种呼唤中猛烈地跳动。

我很重要。

我终于大声地对世界这样宣布。片刻之后，我听到山岳和江海传来回声。

是的，我很重要。我们每一个人都应该有勇气这样说。我们的地位可能很卑微，我们的身份可能很渺小，但这丝毫不意味着我们不重要。

重要并不是伟大的同义词，它是心灵对生命的允诺。

对于一株新生的树苗，每一片叶子都很重要，对于一个孕育中的胚胎，每一段染色体碎片都很重要。甚至驰骋寰宇的航天飞机，也可以因为一个油封橡皮圈的疏漏而凌空爆炸，你能说它不重要吗？

人们常常从成就事业的角度，断定我们是否重要。但我要说，只要我们在时刻努力着，为光明在奋斗着，我们就是无比重要地生活着。

让我们昂起头，对着我们这颗美丽的星球上无数的生灵，响亮地宣布——我很重要！

选自《我很重要——毕淑敏哲理散文精选》，时代文艺出版社，2005年版。

▶ [作者简介]

毕淑敏，女，汉族，1952年出生于新疆伊宁，山东省文登人。长于北京，就读于北京外语学院附属学校。17岁赴西藏阿里地区当兵，在海拔5 000米的高原部队服役11年。历任卫生员、助理军医、军医等职，为医学事业作出突出的贡献。1989年，毕淑敏加入中国作家协会，成为国家一级作家，从事医学工作20年后的她专注于写作，很多作品都和医学有关，主要作品有长篇小说《红处方》《血玲珑》《拯救乳房》，中篇小说《女人之约》《昆仑殇》《预约死亡》，散文集《婚姻鞋》《素面朝天》《提醒幸福》，短篇集《白杨木鼻子》《毕淑敏文集》（8卷）等。

鲁迅的好看和好玩

■ 陈丹青

在我私人的"想念名单"中，绝大部分都是老早老早就死掉的人，譬如伟大的画家、音乐家、作家。在这些人中间，不知为什么，鲁迅先生差不多是我顶顶熟悉的一位，并不完全因为他的文学，而是因为他这个人。我曾经假想自己跟这个人要好极了，所以我常会嫉妒那些真的和鲁迅先生认识的人，同时又讨厌他们，因为他们的回忆文字很少描述关于鲁迅的细节，或者描述得一点都不好，除了极稀罕的几篇，譬如萧红女士的回忆。

我们这代人喜欢鲁迅，其实是大有问题的。我小学毕业，"文革"开始，市面上能够出售、准许阅读的书，只有《毛泽东选集》和鲁迅的书。从五十年代开始，鲁迅在中国被弄成一尊神，一块大牌坊。这是另一个大话题，今天不说。反正我后来读到王朔同志批评鲁迅的文章，读到不少撩拨鲁迅的文字，我猜，他们讨厌的大概是那块牌坊。其实，民国年间鲁迅先生还没变牌坊，住在弄堂里，"一声不响，浑身痱子"，也有许多人讨厌他。我就问自己：为什么我这样子喜欢鲁迅呢？今天我来试着以一种私人的方式，谈论鲁迅先生。

我以为鲁迅先生长得真好看

第一，我喜欢看他的照片，他的样子，我以为鲁迅先生长得真好看。

"文革"期间我弄到一本日记本，里面每隔几页就印着一位中国五四以来大作家的照片，当然是按照 1949 年后官方钦定的顺序排列："鲁、郭、茅，巴、老、曹"之类，我记得最后还有赵树理的照片。平心而论，郭沫若、茅盾、老舍、冰心的样子，各有各的性情与分量。近二十多年，胡适之、梁实秋、沈从文、张爱玲的照片，也公开发布了，也都各有各的可圈可点，尤其胡适同志，真是相貌堂堂。反正现在男男女女作家群，恐怕是排不出这样的脸谱了。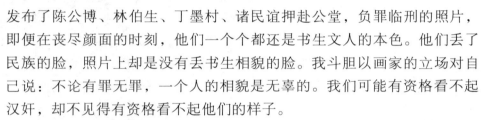

可是我看来看去，看来看去，还是鲁迅先生样子最好看。

五四那一两代人，单是模样摆在那里，就使今天中国的文艺家不好比。前些日子，我在三联买到两册抗战照片集，发布了陈公博、林伯生、丁墨村、诸民谊押赴公堂，负罪临刑的照片，即便在丧尽颜面的时刻，他们一个个都还是书生文人的本色。他们丢了民族的脸，照片上却是没有丢书生相貌的脸。我斗胆以画家的立场对自己说：不论有罪无罪，一个人的相貌是无辜的。我们可能有资格看不起汉奸，却不见得有资格看不起他们的样子。

这时我就想到鲁迅先生。老先生的相貌先就长得和他们不一样，这张脸非常不买账，又非常无所谓，非常酷，又非常慈悲，看上去一脸的清苦、刚直、坦然，骨子里却透着风流与俏皮……可是他拍照片似乎不做什么表情，就那么对着镜头，意思是说：怎么样！我就是这样！

所以鲁迅先生的模样真是非常非常配他，配他的文学，配他的脾气，配他的命运，配他的地位与声名。

我们说起五四新文学，都承认他是头一块大牌子，可他要是长得不像我们见到的这副样子，你能想象么？

鲁迅的时代，中国的文艺差不多勉强衔接着西方十八九世纪末。法国人摆得出斯汤达、巴尔扎克的好样子，英国人摆得出哈代、狄更斯的好样子，印度还有个泰戈尔，也是好样子。现代中国呢，谢天谢地，总算五四运动闹过后，留下鲁迅先生这张脸摆在世界文豪群像中，不丢我们的脸。大家想想看，除了鲁迅先生，哪一张脸摆出去，要比他更有分量？更有泰斗相？更有民族性？更有象征性？更有历史性？

而且鲁迅先生长得那么矮小，那么瘦弱，穿件长衫，一副无所谓的样子站在那里。他要是长得跟肖伯纳一般高大，跟巴尔扎克那么壮硕，便是一个致命的错误。可他要是也留着于右任那把长胡子，或者像沈君儒那样光脑袋，古风是有了，毕竟还是不像他。他长得非常像他自己，非常的"五四"，非常的"中国"，又其实非常的摩登……

我记得那年联合国秘书长见周恩来，叹其风貌，说是在你面前，我们西方人还是野蛮人。这话不管是真心还是辞令，确是说出一种真实。西洋人因为西洋的强大，固然在模样上占了便宜，可是真要遇见优异的中国人，那种骨子里的儒雅凝炼，脱略虚空，那种被彼得·卢齐准确形容为"高贵的消极"的气质，实在是西方人所不及。好比中国画的墨色，可以将西洋的五彩缤纷比下去。你将鲁迅先生的相貌去和西方文豪比比看，真是文气逼人，然而一点不嚣张。

有人会说，这是因为历史已经给了鲁迅伟大地位，他的模样已经被印刷媒体塑造了七十多年，已经先入为主成为我们的视觉记忆。是的，很可能是的，但我以为模样是一种宿命，宿命会刻印在模样上——托尔斯泰那部大胡子，是应该写写《战争与和平》；鲁迅那笔小胡子，是应该写写《阿Q正传》。当托尔斯泰借耶稣的话对沙皇说，"你悔改吧"，这句话与托尔斯泰的模样很配；当鲁迅随口给西洋文人看相，说是"妥斯托耶夫斯基一副苦相、尼采一副凶相、高尔基简直像个流氓"……这些话，与鲁迅的模样也很配。大家要知道，托尔斯泰和鲁迅这样子说法，骄傲得很呢！他们都晓得自己伟大，也晓得自己长得有样子。那年肖伯纳在上海见鲁迅，即称赞他好样子，据说老先生应声答道：早年的样子还要好。这不是鲁迅会讲话，而是他看得起肖伯纳，也看得起他自己。

我这不是以貌取人么？是的，在最高意义上，一个人的相貌，便是他的人。但以上说法只是我对老先生的一厢情愿，单相思，并不能征得大家同意的。好在私人意见不必征得同意，不过是自己说说而已。

他是百年来中国第一好玩的人

我喜欢鲁迅的第二个理由，是老先生好玩，就文学论，就人物论，他是百年来中国第一好玩的人。

"好玩"这个词，说来有点轻佻，这是现在小青年随口说的话，形容鲁迅先生，对不对呢？

现在我这样子单挑个所谓"好玩"的说法来说鲁迅，大有"以偏概全"之嫌，但我不管它，因为我不可能因此贬低鲁迅，不可能抹煞喜欢鲁迅或讨厌鲁迅的人对他的种种评价。我不过是在众人的话语缝隙中，捡我自己的心得，描一幅我以为"好玩"的鲁迅图像。

什么叫做"好玩"？"好玩"有什么好？"好玩"跟道德文章是什么关系？为什么我要强调鲁迅先生的"好玩"？

以我私人的心得，所谓"好玩"一词，能够超越意义、是非，超越各种大字眼，超越层层叠叠仿佛油垢一般的价值判断与意识形态，直接感知那个人——当我在少年时代阅读鲁迅，我就会不断发笑。成年以后，我知道这发笑有无数秘密的理由，但我说不出来，而且幸亏说不出来——这样一种阅读的快乐，在现代中国的作家中，读来读去，读来读去，只有鲁迅能够给予我，我相信，他这样写，知道有人会发笑。

我常会提起胡兰成。他是个彻底的失败者，因此他成为一个旁观者。他不是左翼，也不是右翼，他在鲁迅的年代，是个小辈，没有五四同人对鲁迅的种种情结与偏颇。四九年以后，他的流亡身份，也使他没有国共两党在评价鲁迅、看待鲁迅时那种政治意图或党派意气。所以他点评鲁迅，我以为倒是最中肯。

他说，鲁迅先生经常在文字里装得"呆头呆脑"，其实很"刁"，鲁迅真正的可爱处，是他的"迭宕自喜"。

"迭宕自喜"什么意思呢？也不好说，这句话我们早就遗忘了，我只能粗暴而庸俗地翻译成"好玩"。我们先从鲁迅的性格说起。

最近我弄到一份四十多年前的内部文件，是当年中宣部为了拍摄电影《鲁迅传》，邀请好些文化人的谈话录。当然，全是文艺高官，但都和老先生认识，打过交道。几乎每个人都提到鲁迅先生并不是一天到晚板面孔，而是非常诙谐、幽默、随便、喜欢开玩笑。夏衍是老先生讨厌责骂的四条汉子之一，他也说：老先生"幽默得要命"。

我有一位上海老朋友，他的亲舅舅，就是当年和鲁迅先生玩的小青年，名叫唐弢。唐弢五六十年代看见世面上把鲁迅弄成那副凶相、苦相，就私下里对他外甥说，哎呀鲁迅不是那个样子的，还说，譬如老先生夜里写了骂人的文章，隔天和那被骂的朋友酒席上见面，互相问起，照样谈笑。除了鲁迅深恶痛绝的一些论敌，他与许多朋友的关系，绝不是那样子黑白分明（如他与郑振铎的关系）。

我所谓的"好玩"是种活泼而罕见的人格，它内在的力量远远大于我们的想象。

在回忆老先生的文字中，似乎女性比较能够把握老先生"好玩"的一面。近年的出版物，密集呈现了相对真实的鲁迅，看下来，鲁迅简直随时随地对身边人、身边事在那里开玩笑。江南的说法，他是个极喜欢讲"戏话"的人，连送本书给年轻朋友，也要顺便开个玩笑（给刚结婚的川岛的书：我亲爱的一撮毛哥哥呀，请你从爱人的怀抱中汇出一只手来，接受这枯燥乏味的《中国文学史略》）。那种亲昵！那种仁厚与得意！一个智力与感受力过剩的人，大概才会这样的随时随地讲"戏话"。我猜，除了老先生遇见什么真的愤怒的事，他醒着的每一刻，都在寻求这种自己制造的快感。

但我们并非没有机会遇见类似的滑稽人，平民百姓中就多有这样可爱的无名智者。我相信，在严重变形的民国人物中，一定也有不少诙谐幽默之徒。然而我所谓的"好玩"是一种活泼而罕见的人格，我不知道用什么词语定义它，它的效果，决不只是滑稽、好笑、可爱，它的内在的力量远远大于我们的想象。

好玩，不好玩，甚至有致命的力量——希特勒终于败给丘吉尔，因为希特勒一点不懂得"好玩"；蒋介石败给毛泽东，因为蒋介石不懂得"好玩"——好玩的人懂得自嘲，懂得进退，他总是放松的、豁达的、游戏的。"好玩"，是人格乃至命运的庞大的余地、丰富的侧面、宽厚的背景，好玩的人一旦端正严肃，一旦愤怒激烈，一旦发起威来，不懂得好玩的对手，可就遭殃了。

投枪匕首式的文章可能"是鲁迅先生只当好玩写写的"，也是一种得意，一种"玩"的姿态。

依我看，历来推崇鲁迅那些批判性的、匕首式的、战斗性的革命文章，今天看来，大多数是鲁迅先生只当好玩写写的，以中国的说法，叫做"游戏文章"，以后现代的说法，就叫做"写作的愉悦"——所谓"游戏"，所谓"愉悦"，直白的说法，可不就是"好玩"——譬如鲁迅书写的种种事物，反礼教、解剖国民性、鼓吹白话、反对强权等，前面说了，当时也有许多人在写，其激烈深刻，并不在鲁迅之下，时或犹有过之。然而九十多年过去，我们今天翻出来看看，五四众人的批判文章总归及不过鲁迅，不是主张和道理不及他，而是鲁迅懂得写作的愉悦，懂得调度词语的快感，懂得文章的游戏性。

可是我们看他的文字，通常只看到犀利与深刻，看不到老先生的得意，因为老先生不流露。这不流露，也是一种得意，一种"玩"的姿态，就像他讲笑话，自己不笑的。

我们单是看鲁迅各种集子的题目，就不过是捡别人的讥嘲拿来耍着玩，什么《而已集》啊、《三闲集》啊、《准风月谈》啊、《南腔北调集》啊，真是顺手玩玩，一派游戏态度，结果字面、意思又好看，又高明。他给文章起的题目，也都好玩，一看之下就想读，譬如《论他妈的》、《一思而行》、《人心很古》、《马上支日记》等，数也数不过来。想必老先生一起这题目，就在八字胡底下笑笑，自己得意起来。《花边文学》中有两篇著名的文章，《京派与海派》、《南人与北人》，竟是同一天写的，显然老人家半夜里写得兴起，实在得意，烟抽得一塌糊涂，索性再写一篇。

譬如《论他妈的》，我们读着，以为是在批判国民性，其实语气把握得好极了，写到结尾，我猜老先生写到这里，一定得意极了。

文章的张力是人格的张力

中国散文中到末尾一笔宕开，宕得这么恳切，又这么漂亮，真是只有鲁迅。大家不要小看这结尾：它不单是为了话说回来，不单是为了文章的层次与收笔。我以为更深的意思是，老先生看事情非常体贴，他既是犀利的，又是厚道的；既是猛烈的，又是清醒的，不会将自己的观点与态度推到极端，弄得像在发高烧——一个愤怒的人同时是个智者，他的愤怒，便是漂亮的文学。

文章的张力，是人格的张力，写作的维度，也是人格的维度——愤怒，但是同时好玩；深刻，然而精通游戏；挑衅，却随时自嘲；批判，却忽然话说回来……鲁迅作文，就是这样地在玩自己人格的维度与张力。

他的语气和风调，哪里只是激愤犀利这一路，他会忽儿深沉厚道，如他的回忆文字；忽儿辛辣调皮，如中年以后的杂文；忽儿平实郑重，如涉及学问或翻译；忽儿精深苍老，如《故事新编》；忽儿温柔伤感，如《朝华夕拾》；而有一种非常绝望、空虚的况味，几乎出现在他各个时期的文字中——尤其在他的序、跋、题记、后记中，以上那些反差极大的品质，会出人意料地糅杂在一起，难分难解。

许多意见以为鲁迅先生后期的杂文没有文学价值。我的意见正好相反，老先生越到后来，越是深味"写作的愉悦"。有些绝妙的文章，我们在《古文观止》中也不容易找到相似而相应的例。雄辩如韩愈，变幻如苏轼，读到鲁迅的杂文，都会惊异赞赏，因鲁迅触及的主题与问题，远比古人杂异；与西人比，要论好玩，乔叟、塞万提斯、蒙田、伏尔泰，似乎都能找见鲁迅人格的影子，当然，鲁迅直接的影响来自尼采，凭他对世界与学问的直觉，他也如尼采一样，早就是"伟大的反系统论者"。只是尼采的德国性格太认真，也缺鲁迅的好玩，结果发疯，虽然这发疯也叫人起敬意。

鲁迅大气，即便他得知后来的种种西洋理论与流派，他仍然会做他自己。他早就警告，什么主义进了中国的酱缸，就会变；他也早就直觉到，未来中国不知要出多大的灾难——因为他更懂得中国与中国人。他要是活在今天这个笼统被称作后现代文化的时期，他也仍然知道自己相信什么，怀疑什么。他会是后现代文化研究极度清醒的认识者与批判者。诚如巴特尔论及纪德的说法，鲁迅"博览群书，并没有因此改变自己"。

好玩，然而绝望，绝望，然而好玩，这是一对高贵的、不可或缺的品质。由于鲁迅其他深厚的品质——热情、正直、近于妇人之仁的同情心——他曾经一再欣然上当：上进化论的当、上革命的当、上年轻人的当、上左翼联盟的当，许多聪明的、右翼的正人君子因为他上这些当而指责他，贬损他——可是鲁迅都能跳脱，都曾经随即看破而道破，因为他内心克制不住地敏感到黑暗与虚空，因为他克制不住地好玩。

这就是鲁迅为什么至今远远高于他的五四同志们，为什么至今没有人能够掩盖他，企及他，超越他。

选自 2003 年第 6 期《新华文摘》。

▶ ［作者简介］

陈丹青，1953 年生于上海，毕业于中央美术学院，艺术家、作家、文艺评论家。

1970—1978 年辗转赣南、苏北农村插队落户，其间自习绘画，是当时颇有名气的"知青画家"。1980 年以《西藏组画》轰动中外艺术界，成为颠覆教化模式，并向欧洲溯源的发轫，被公认为具有划时代意义的经典之作。绘画之余，出版文学著作十余部。陈丹青无论画风与文风，都具有一种优雅而朴素、睿智而率真的气质，洋溢着独特的人格魅力。

你在大雾里得意忘形

■ 铁　凝

后来我在新迁入的这座城市度过了第一个冬天。这是个多雾的冬天，不知什么原因，这座城市在冬天常有大雾。在城市的雾里，我再也看不见雾中的草垛、墙头，再也想不到雾散后大地会是怎样一派玲珑剔透。城市的雾只叫我频频地想到一件往事，这往事滑稽地联着猪皮。小时候邻居的孩子在一个有雾的早晨去上学，过马路时不幸被一辆雾中的汽车撞坏了头颅。孩子被送进医院做了手术，出院后脑门上便留下了一块永远的"补丁"。那补丁粗糙而明确，显然地有别于他自己的肌肤。有人说，孩子的脑门被补了一块猪皮。每当他的同学与他发生了口角，就残忍地直呼他"猪皮"。猪皮和人皮的结合这大半是不可能的，但有了那天的大雾，这荒唐就变得如此地可信而顽固。

城市的雾不同于乡村，也包括着诸多联想的不同。雾也显得现实多了，雾使你只会执拗地联想包括猪皮在内的实在和荒诞不经。城市因为有了雾，会即刻实在地不知所措起来。路灯不知所措起来，天早该大亮了，灯还大开着；车辆不知所措起来，它们不再是往日里神气活现的煞有介事，大车、小车不分档次，都变成了蠕动，城市的节奏便因此而减了速；人也不知所措起来，早晨上班不知该乘车还是该走路，此时的乘车大约真不比走路快呢。

我在一个大雾的早晨步行着上了路，我要从这个城市的一端走到另一端。我选择了一条僻静的小巷一步步走着，我庆幸我对这走的选择，原来大雾引我走进了一个自由王国，又仿佛大雾的洒落是专为着陪伴我的独行，我的前后左右才不到一米远的清楚。原来一切嘈杂和一切注视都被阻隔在一米之外，一米之内才有了"白茫茫大地真干净"的气派，这气派使我的行走不再有长征一般的艰辛。

为何不作些腾云驾雾的想象呢？假如没有在雾中的行走，我便无法体味人何以能驾驭无形的雾。一个"驾"字包含了人类那么多的勇气和主动，那么多的浪漫和潇洒。原来雾不只染白了草垛、冻土，不只染湿了衣着肌肤，雾还能被你步履轻松地去驾驭，这时你驾驭的又何止是雾？你分明在驾驭着雾里的一个城市，雾里的一个世界。

为何不作些黑白交替的对比呢？黑夜也能阻隔嘈杂和注视，但黑夜同时也阻隔了你注视你自己，只有大雾之中你才能够在看不见一切的同时，清晰无比地看见你的本身。你那被雾染着的发梢和围巾，你那由腹中升起的温暖的哈气。

于是这阻隔、这驾驭、这单对自己的注视就演变出了你的得意忘形。你不得不暂时忘掉"站有站相，坐有坐相，走有走相"的人间训诫，你不得不暂时忘掉脸上的怡人表情，你想到的只有走得自在，走得稀奇古怪。

我开始稀奇古怪地走，先走他一个老太太赶集：脚尖向外一撇，脚跟狠狠着地，臀部撅起来；再走他一个老头赶路：双膝一弯，两手一背——老头走路是两条腿的僵硬和平衡；走他一个小姑娘上学：单用一只脚着地转着圈儿走；走他一个秧歌步：胳膊摆起来和肩一样平，进三步退一步，嘴里得念着"呛呛呛，七呛七……"走个跋山涉水，走个时装表演，走个青衣花衫，再走一个肚子疼。推车的、挑担的、背筐的、闲逛的，都走一遍还走什么？何不走个小疯子？舞起双手倒着一阵走，正着一阵走，侧着一阵走，要么装一回记者拍照，只剩下加了速的倒退，退着举起"相机"。最后我决定走个醉鬼。我是武松吧，我是鲁智深吧，我是李白和刘伶吧……原来醉着走才最最飘逸，这富有韧性的飘逸使我终于感动了我自己。

我在大雾里醉着走，直到突然碰见一个迎面而来的姑娘——你，原来你也正跟跄着自己。你是醉着自己，还是疯着自己？感谢大雾使你和我相互地不加防备，感谢大雾使你和我都措手不及。只有在雾里你我近在咫尺才发现彼此，这突然的发现使你我无法叫自己戛然而止。于是你和我不得不继续古怪着自己擦肩而过，你和我都笑了，笑容都湿润都朦胧，宛若你与我共享着一个久远的默契。从你的笑容里我看见了我，从我的笑容里我猜你也看见了你。刹那间你和我就同时消失在雾里。

当大雾终于散尽，城市又露出了她本来的面容。路灯熄了，车辆撒起了欢儿，行人又在站牌前排起了队。我也该收拾起自己的心思和步态，像大街上所有的人那样，"正确"地走着奔向我的目的地。

但大雾里的我和大雾里的你却给我留下了永远的怀念，只因为我们都在大雾里放肆过。也许我们终生不会再次相遇，我就更加珍视雾中一个突然的非常的我，一个突然的你。我珍视这样的相遇，或许还在于它的毫无意义。

然而意义又是什么？得意忘形就不具意义？人生又能有几回忘形的得意？

你不妨在大雾时分得意一回吧，大雾不只会带给你猪皮那般实在的记忆，大雾不只会让你悠然地欣赏屋檐、冻土和草垛，大雾其实会将你挟裹进来与它融为一体。当你忘形地驾着大雾冲我踉跄而来，大雾里的我会给你最清晰的祝福。

选自《护心之心：铁凝散文集》，新华出版社，2005年版。

▶ ［作者简介］

铁凝，生于1957年，河北赵县人，当代著名作家。现为中共第十八届中央委员，中国作家协会主席。

主要作品有长篇小说《玫瑰门》《大浴女》《笨花》等4部，中、短篇小说《哦，香雪》《第十二夜》《没有钮扣的红衬衫》《对面》《永远有多远》《一千张糖纸》等100余篇、部，以及散文、随笔等共400余万字，结集出版小说、散文集50余种。散文集《女人的白夜》获中国首届鲁迅文学奖，中篇小说《永远有多远》获第二届鲁迅文学奖。根据小说改编的电影《哦，香雪》获第41届柏林国际电影节青春片最高奖。电影《红衣少女》获1985年中国电影"金鸡奖""百花奖"优秀故事片奖。部分作品译成英、法、德、日、俄、丹麦、西班牙等文字。

听听那冷雨

■ 余光中

惊蛰一过，春寒加剧。先是料料峭峭，继而雨季开始，时而淋淋漓漓，时而淅淅沥沥，天潮潮地湿湿，即连在梦里，也似乎有把伞撑着。而就凭一把伞，躲过一阵潇潇的冷雨，也躲不过整个雨季。连思想也都是潮润润的。每天回家，曲折穿过金门街到厦门街迷宫式的长巷短巷，雨里风里，走入霏霏令人更想入非非。想这样子的台北凄凄切切完全是黑白片的味道，想整个中国整部中国的历史无非是一张黑白片子，片头到片尾，一直是这样下着雨的。这种感觉，不知道是不是从安东尼奥尼那里来的。不过那一块土地是久违了，二十五年，四分之一的世纪，即使有雨，也隔着千山万山，千伞万伞。二十五年，一切都断了，只有气候，只有气象报告还牵连在一起，大寒流从那块土地上弥天卷来，这种酷冷吾与古大陆分担。不能扑进她怀里，被她的裙边扫一扫吧也算是安慰孺慕之情。……

这样想时，严寒里竟有一点温暖的感觉了。这样想时，他希望这些狭长的巷子永远延伸下去，他的思路也可以延伸下去，不是金门街到厦门街，而是金门到厦门。他是厦门人，至少是广义的厦门人，二十年来，不住在厦门，住在厦门街，算是嘲弄吧，也算是安慰。不过说到广义，他同样也是广义的江南人、常州人、南京人、川娃儿、五陵少年。杏花春雨江南，那是他的少年时代了。再过半个月就是清明。安东尼奥尼的镜头摇过去，摇过去又摇过来。残山剩水犹如是。皇天后土犹如是。纭纭黔首纷纷黎民从北到南犹如是。那里面是中国吗？那里面当然还是中国永远是中国。只是杏花春雨已不再，牧童遥指已不再，剑门细雨渭城轻尘也都已不再。然则他日思夜梦的那片土地，究竟在哪里呢？

在报纸的头条标题里吗？还是香港的谣言里？还是傅聪的黑键白键马思聪的跳弓拨弦？还是安东尼奥尼的镜底勒马洲的望中？还是故宫博物院的壁头和玻璃柜内，京戏的锣鼓声中太白和东坡的韵里呢？

杏花。春雨。江南。六个方块字，或许那片土就在那里面。而无论赤县也好神州也好中国也好，变来变去，只要仓颉的灵感不灭，美丽的中文不老，那形象磁石般的向心力当必然长在。因为一个方块字是一个天地。太初有字，于是汉族的心灵他祖先的回忆和希望便有了寄托。譬如凭空写一个"雨"字，点点滴滴，滂滂沱沱，淅淅沥沥，一切云情雨意，就宛然其中了。视觉上的这种美感，岂是什么 rain 也好 pluie 也好所能满足？翻开一部《辞源》或《辞海》，金木水火土，各成世界，而一入"雨"部，古神州的天颜千变万化，便悉在望中，美丽的霜雪云霞，骇人的雷电霹雹，展露的无非是神的好脾气与坏脾气，气象台百读不厌门外汉百思不解的百科全书。

　　听听，那冷雨。看看，那冷雨。嗅嗅闻闻，那冷雨。舔舔吧，那冷雨。雨下在他的伞上这城市百万人的伞上、雨衣上、屋上、天线上，雨下在基隆港在防波堤海峡的船上，清明这季雨。雨是女性，应该最富于感性。雨气空蒙而迷幻，细细嗅嗅，清清爽爽新新，有一点薄荷的香味，浓的时候，竟发出草和树林沐浴之后特有的淡淡腥气，也许那尽是蚯蚓和蜗牛的腥气吧，毕竟是惊蛰了啊。也许地上的地下的生命也许古中国层层叠叠的记忆皆蠢蠢而蠕，也许是植物的潜意识和梦，那腥气。

　　第三次去美国，在高高的丹佛他山居住了两年。美国的西部，多山多沙漠，千里干旱，天，蓝似安格罗萨克逊人的眼睛，地，红如印第安人的肌肤，云，却是罕见的白鸟。落基山簇簇耀目的雪峰上，很少飘云牵雾。一来高，二来干，三来森林线以上，杉柏也止步，中国诗词里"荡胸生层云"或是"商略黄昏雨"的意趣，是落基山上难睹的景象。落基山岭之胜，在石，在雪。那些奇岩怪石，相叠互倚，砌一场惊心动魄的雕塑展览，给太阳和千里的风看。那雪，白得虚虚幻幻，冷得清清醒醒，那股皑皑不绝一仰难尽的气势，压得人呼吸困难，心寒眸酸。不过要领略"白云回望合，青霭入看无"的境界，仍须来中国。台湾湿度很高，最富云情雨意迷离的情调。两度夜宿溪头，树香沁鼻，宵寒袭肘，枕着润碧湿翠苍苍交叠的山影和万籁都歇的岑寂，仙人一样睡去。山中一夜饱雨，次晨醒来，在旭日未升的原始幽静中，冲着隔夜的寒气，踏着满地的断柯折枝和仍在流泻的细股雨水，一径探入森林的秘密，曲曲弯弯，步上山去。溪头的山，树密雾浓，蓊郁的水气从谷底冉冉升起，时稠时稀，蒸腾多姿，幻化无定，只能从雾破云开的空处，窥见乍现即隐的一峰半壑，要纵览全貌，几乎是不可能的。至少上山两次，只能在白茫茫里和溪头诸峰玩捉迷藏的游戏。回到台北，世人问起，除了笑而不答心自闲，故作神秘之外，实际的印象，也无非山在虚无之间罢了。云缭烟绕，山隐水迢的中国风景，由来予人宋画的韵味。那天下也许是赵家的天下，那山水却是米家的山水。而究竟，是米氏父子下笔像中国的山水，还是中国的山水上纸像宋画，恐怕是谁也说不清楚了吧？

雨不但可嗅，可观，更可以听。听听那冷雨。听雨，只要不是石破天惊的台风暴雨，在听觉上总是一种美感。大陆上的秋天，无论是疏雨滴梧桐，或是骤雨打荷叶，听去总有一点凄凉、凄清、凄楚，于今在岛上回味，则在凄楚之外，更笼上一层凄迷了，饶你多少豪情侠气，怕也经不起三番五次的风吹雨打。一打少年听雨，红烛昏沉。二打中年听雨，客舟中，江阔云低。三打白头听雨在僧庐下，这便是亡宋之痛，一颗敏感心灵的一生：楼上，江上，庙里，用冷冷的雨珠子串成。十年前，他曾在一场摧心折骨的鬼雨中迷失了自己。雨，该是一滴湿漓漓的灵魂，在窗外喊谁。

雨打在树上和瓦上，韵律都清脆可听。尤其是铿铿敲在屋瓦上，那古老的音乐，属于中国。王禹偁在黄冈，破如椽的大竹为屋。据说住在竹楼上面，急雨声如瀑布，密雪声比碎玉，而无论鼓琴，咏诗，下棋，投壶，共鸣的效果都特别好。这样岂不像是住在竹筒里，任何细脆的声响，怕都会加倍夸大，反而令人耳朵过敏吧。

雨天的屋瓦，浮漾湿湿的流光，灰而温柔，迎光则微明，背光则幽暗，对于视觉，是一种低沉的安慰。至于雨敲在鳞鳞千瓣的瓦上，由远而近，轻轻重重轻轻，夹着一股股的细流沿瓦槽与屋檐潺潺泻下，各种敲击音与滑音密织成网，谁的千指百指在按摩耳轮。"下雨了"，温柔的灰美人来了，她冰冰的纤手在屋顶拂弄着无数的黑键啊灰键，把响午一下子奏成了黄昏。

在古老的大陆上，千屋万户是如此。二十多年前，初来这岛上，日式的瓦屋亦是如此。先是天暗了下来，城市像罩在一块巨幅的毛玻璃里，阴影在户内延长复加深。然后凉凉的水意弥漫在空间，风自每一个角落里旋起，感觉得到，每一个屋顶上呼吸沉重都覆着灰云。雨来了，最轻的敲打乐敲打这城市。苍茫的屋顶，远远近近，一张张敲过去，古老的琴，那细细密密的节奏，单调里自有一种柔婉与亲切，滴滴点点滴滴，似幻似真，若孩时在摇篮里，一曲耳熟的童谣摇摇欲睡，母亲吟哦鼻音与喉音。或是在江南的泽国水乡，一大筐绿油油的桑叶被啃于千百头蚕，细细琐琐屑屑，口器与口器咀咀嚼嚼。雨来了，雨来的时候瓦这么说，一片瓦说千亿片瓦说，说轻轻地奏吧沉沉地弹，徐徐地叩吧挞挞地打，间间歇歇敲一个雨季，即兴演奏从惊蛰到清明，在零落的坟上冷冷奏挽歌，一片瓦吟千亿片瓦吟。

在旧式的古屋里听雨，听四月，霏霏不绝的黄梅雨，朝夕不断，旬月绵延，湿黏黏的苔藓从石阶下一直侵到舌底、心底。到七月，听台风台雨在古屋顶一夜盲奏，千层海底的热浪沸沸被狂风挟持，掀翻整个太平洋只为向他的矮屋檐重重压下，整个海在他的蜗壳上哗哗泻过。不然便是雷雨夜，白烟一般的纱帐里听羯鼓一通又一通，滔天的暴雨滂滂沛沛扑来，强劲的电琵琶忐忐忑忑忐忐忑忑，弹动屋瓦的惊悸腾腾欲掀起。不然便是斜斜的西北雨斜斜刷在窗玻璃上，鞭在墙上打在阔大的芭蕉叶上，一阵寒潮泻过，秋意便弥漫旧式的庭院了。

在旧式的古屋里听雨，春雨绵绵听到秋雨潇潇，从少年听到中年，听听那冷雨。雨是一种单调而耐听的音乐是室内乐是室外乐，户内听听，户外听听，冷冷，那音乐。雨是一种回忆的音乐，听听那冷雨，回忆江南的雨下得满地是江湖下在桥上和船上，也下在四川在秧田和蛙塘，下肥了嘉陵江下湿布谷咕咕的啼声，雨是潮潮润润的音乐下在渴望的唇上，舔舔那冷雨。

因为雨是最最原始的敲打乐从记忆的彼端敲起。瓦是最最低沉的乐器灰蒙蒙的温柔覆盖着听雨的人，瓦是音乐的雨伞撑起。但不久公寓的时代来临，台北你怎么一下子长高了，瓦的音乐竟成了绝响。千片万片的瓦翩翩，美丽的灰蝴蝶纷纷飞走，飞入历史的记忆。雨下下来下在水泥的屋顶和墙上，没有音韵的雨季。树也砍光了，那月桂，那枫树，柳树和擎天的巨椰，雨来的时候不再有丛叶嘈嘈切切，闪动湿湿的绿光迎接。鸟声减了啾啾，蛙声沉了咯咯，秋天的虫吟也减了唧唧。七十年代的台北不需要这些，一个乐队接一个乐队便遣散尽了。要听鸡叫，只有去诗经的韵里找。只剩下一张黑白片，黑白的默片。

正如马车的时代去后，三轮车的时代也去了。曾经在雨夜，三轮车的油布篷挂起，送她回家的途中，篷里的世界小得可爱，而且躲在警察的辖区以外，雨衣的口袋越大越好，盛得下他的一只手里握一只纤纤的手。台湾的雨季这么长，该有人发明一种宽宽的双人雨衣，一人分穿一只袖子，此外的部分就不必分得太苛。而无论工业如何发达，一时似乎还废不了雨伞。只要雨不倾盆，风不横吹，撑一把伞在雨中仍不失古典的韵味。任雨点敲在黑布伞或是透明的塑胶伞上，将骨柄一旋，雨珠向四方喷溅，伞缘便旋成了一圈飞檐。跟女友共一把雨伞，该是一种美丽的合作吧。最好是初恋，有点兴奋，更有点不好意思，若即若离之间，雨不妨下大一点。真正初恋，恐怕是兴奋得不需要伞的，手牵手在雨中狂奔而去，把年轻的长发和肌肤交给漫天的淋淋漓漓，然后向对方的唇上颊上尝凉凉甜甜的雨水。不过那要非常年轻且激情，同时，也只能发生在法国的新潮片里吧。

大多数的雨伞想不会为约会张开。上班下班，上学放学，菜市来回的途中。现实的伞，灰色的星期三。握着雨伞。他听那冷雨打在伞上。索性更冷一些就好了，他想。索性把湿湿的灰雨冻成干干爽爽的白雨，六角形的结晶体在无风的空中回回旋旋地降下来。等须眉和肩头白尽时，伸手一拂就落了。二十五年，没有受故乡白雨的祝福，或许发上下一点白霜是一种变相的自我补偿吧。一位英雄，经得起多少次雨季？他的额头是水成岩削成还是火成岩？他的心底究竟有多厚的苔藓？厦门街的雨巷走了二十年与记忆等长，一座无瓦的公寓在巷底等他，一盏灯在楼上的雨窗子里，等他回去，向晚餐后的沉思冥想去整理青苔深深的记忆。前尘隔海。古屋不再。听听那冷雨。

选自《余光中作品集》，中国工人出版社，2002 年版。

▶ ［作者简介］

余光中，1928 生于江苏南京，祖籍福建永春，现代诗人、散文家。1947 年入金陵大学外语系（后转入厦门大学），1949 年随父母迁香港，次年赴台，就读于台湾大学外文系。1953 年，与覃子豪、钟鼎文等共创"蓝星"诗社。后赴美进修，获爱荷华大学艺术硕士学位。返台后任台湾东吴大学、台湾师范大学、台湾政治大学、台湾大学及香港中文大学教授，任台湾中山大学文学院院长。他的作品风格极不统一。他的诗风是因题材而异的，表达意志和理想的诗，一般都显得壮阔铿锵，而描写乡愁和爱情的作品，一般都显得细腻而柔绵。他"左手为诗，右手为文"，代表作有诗集《舟子的悲歌》《蓝色的羽毛》《钟乳石》《万圣节》《白玉苦瓜》等十余种。

[思考与练习]

1. 乡愁文学是当代文学的一大主题，请查资料谈谈对这一文学主题的看法。

2. "我很重要"，很多人都会在心里说。请说一说你对于"我很重要"这 4 个字的理解。

3. 请试着对比阅读《怀念萧珊》和《怀念胡风》，说说其中有什么不同。

4. 背诵《听听那冷雨》。

第二单元

雅文

YAWEN YIQU

意趣

（二）

席慕蓉诗歌二首

■ 席慕蓉

一棵开花的树

如何，让你遇见我？
在我最美丽的时刻。为这——

我已在佛前求了五百年，
求佛让我们结一段尘缘。
佛于是把我化做一棵树，
长在你必经的路旁。阳光下，

慎重地开满了花，
朵朵都是我前世的盼望！

当你走近，
请你细听，
那颤抖的叶，
是我等待的热情！

而当你终于无视地走过，
在你身后落了一地的……
朋友啊！
那不是花瓣，
那是我凋零的心。

选自《七里香》，作家出版社，2010 年版。

莲的心事

我
是一朵盛开的夏莲
多希望
你能看见现在的

风霜还不曾来侵蚀
秋雨还未滴落
青涩的季节又已离我远去
我已亭亭　不忧　亦不惧

现在　正是
最美丽的时刻
重门却已深锁
在芬芳的笑靥之后
谁人知我莲的心事

无缘的你啊
不是来得太早　就是
太迟

▶ ［作者简介］

　　席慕蓉，生于1943年，全名穆伦·席连勃，当代画家、诗人、散文家。1963年毕业于台湾师范大学美术系。1966年，在比利时布鲁塞尔皇家艺术学院完成进修，获得比利时皇家金牌奖、布鲁塞尔市政府金牌奖等多项奖项。著有诗集、散文集、画册及选本等50余种，《七里香》《无怨的青春》等脍炙人口，成为经典。

徐志摩诗歌二首

■ 徐志摩

偶　然

我是天空里的一片云，
偶尔投影在你的波心——
你不必讶异，
更无须欢喜——
在转瞬间消灭了踪影。

你我相逢在黑夜的海上，
你有你的，我有我的，方向；
你记得也好，
最好你忘掉，
在这交会时互放的光亮！

沪杭车中

匆匆匆！催催催！
一卷烟，一片山，几点云影，
一道水，一条桥，一支橹声，
一林松，一丛竹，红叶纷纷：
艳色的田野，艳色的秋景，
梦境似的分明，模糊，消隐，——
催催催！是车轮还是光阴？

催老了秋容，催老了人生！

选自《徐志摩诗全集》，新世界出版社，2014 年版。

▶ ［作者简介］

徐志摩（1897—1931），现代诗人、散文家。原名章垿，字槱森，留学英国时改名志摩。曾经用过的笔名有：南湖、诗哲、海谷、谷、大兵、云中鹤、仙鹤、删我、心手、黄狗、谔谔等。徐志摩是新月派代表诗人，新月诗社成员。1931 年 11 月 19 日因飞机失事罹难。代表作品有《再别康桥》《翡冷翠的一夜》《猛虎集》等。

清塘荷韵

■ 季羡林

　　楼前有清塘数亩。记得三十多年前初搬来时，池塘里好像是有荷花的，我的记忆里还残留着一些绿叶红花的碎影。后来时移事迁，岁月流逝，池塘里却变得"半亩方塘一鉴开，天光云影共徘徊"，再也不见什么荷花了。

　　我脑袋里保留的旧的思想意识颇多，每一次望到空荡荡的池塘，总觉得好像缺点什么。这不符合我的审美观念。有池塘就应当有点绿的东西，哪怕是芦苇呢，也比什么都没有强。最好的最理想的当然是荷花。中国旧的诗文中，描写荷花的简直是太多太多了。周敦颐的《爱莲说》，读书人不知道的恐怕是绝无仅有的。他那一句有名的"香远益清"是脍炙人口的。几乎可以说，中国人没有不爱荷花的。可我们楼前池塘中独独缺少荷花。每次看到或想到，总觉得是一块心病。

　　有人从湖北来，带来了洪湖的几颗莲子，外壳呈黑色，极硬。据说，如果埋在淤泥中，能够千年不烂。因此，我用铁锤在莲子上砸开了一条缝，让莲芽能够破壳而出，不至永远埋在泥中。这都是一些主观的愿望，莲芽能不能长出，都是极大的未知数。反正我总算是尽了人事，把五六颗敲破的莲子投入池塘中，下面就是听天由命了。

　　这样一来，我每天就多了一件工作：到池塘边上去看上几次。心里总是希望，忽然有一天，"小荷才露尖尖角"，有翠绿的莲叶长出水面。可是，事与愿违，投下去的第一年，一直到秋凉落叶，水面上也没有出现什么东西。经过了寂寞的冬天，到了第二年，春水盈塘，绿柳垂丝，一片旖旎的风光。可是，我翘盼的水面上却仍然没有露出什么荷叶。此时我已经完全灰了心，以为那几颗湖北带来的硬壳莲子，由于无法解释的原因，大概不会再有长出荷花的希望了。我的目光无法把荷叶从淤泥中吸出。

　　但是，到了第三年，却忽然出了奇迹。有一天，我忽然发现，在我投莲子的地方长出了几个圆圆的绿叶，虽然颜色极惹人喜爱，但是却细弱单薄，可怜兮兮地平卧在水面上，像水浮莲的叶子一样。而且最初只长出了五六个叶片。我总嫌这有点太少，总希望多长出几片来。于是，我盼星星，盼月亮，天天到池塘边上去观望。有校外的农民来捞水草，我总请求他们手下留情，不要碰断叶片。但是经过了漫漫的长夏，凄清的秋天又降临人间，池塘里浮动的仍然只是孤零零的那五六个叶片。对我来说，这又是一个虽微有希望但究竟仍是令人灰心的一年。

真正的奇迹出现在第四年上。严冬一过，池塘里又溢满了春水。到了一般荷花长叶的时候，在去年飘浮着五六个叶片的地方，一夜之间，突然长出了一大片绿叶，而且看来荷花在严冬的冰下并没有停止行动，因为在离开原有五六个叶片的那块基地比较远的池塘中心，也长出了叶片。叶片扩张的速度，范围的扩大，都是惊人得快。几天之内，池塘内不小一部分，已经全为绿叶所覆盖。而且原来平卧在水面上的像是水浮莲一样的叶片，不知道是从哪里积蓄了力量，有一些竟然跃出了水面，长成了亭亭的荷叶。原来我心中还迟迟疑疑，怕池中长的是水浮莲，而不是真正的荷花。这样一来，我心中的疑云一扫而光：池塘中生长的真正是洪湖莲花的子孙了。我心中狂喜，这几年总算是没有白等。

天地萌生万物，对包括人在内的动植物等有生命的东西，总是赋予一种极其惊人的求生存的力量和极其惊人的扩展蔓延的力量，这种力量大到无法抗御。只要你肯费力来观察一下，就必然会承认这一点。现在摆在我面前的就是我楼前池塘里的荷花。自从几个勇敢的叶片跃出水面以后，许多叶片接踵而至。一夜之间，就出来了几十枝，而且迅速地扩散、蔓延。不到十几天的工夫，荷叶已经蔓延得遮蔽了半个池塘。从我撒种的地方出发，向东西南北四面扩展。我无法知道，荷花是怎样在深水中淤泥里走动。反正从露出水面荷叶来看，每天至少要走半尺的距离，才能形成眼前这个局面。

光长荷叶，当然是不能满足的。荷花接踵而至，而且据了解荷花的行家说，我门前池塘里的荷花，同燕园其他池塘里的，都不一样。其他地方的荷花，颜色浅红；而我这里的荷花，不但红色浓，而且花瓣多，每一朵花能开出十六个复瓣，看上去当然就与众不同了。这些红艳耀目的荷花，高高地凌驾于莲叶之上，迎风弄姿，似乎在睥睨一切。幼时读旧诗："毕竟西湖六月中，风光不与四时同。接天莲叶无穷碧，映日荷花别样红。"爱其诗句之美，深恨没有能亲自到杭州西湖去欣赏一番。

现在我门前池塘中呈现的就是那一派西湖景象。是我把西湖从杭州搬到燕园里来了。岂不大快人意也哉！前几年才搬到朗润园来的周一良先生赐名为"季荷"。我觉得很有趣，又非常感激。难道我这个人将以荷而传吗？

前年和去年，每当夏月塘荷盛开时，我每天至少有几次徘徊在塘边，坐在石头上，静静地吸吮荷花和荷叶的清香。"蝉噪林愈静，鸟鸣山更幽。"我确实觉得四周静得很。我在一片寂静中，默默地坐在那里，水面上看到的是荷花的绿肥、红肥。倒影映入水中，风乍起，一片莲瓣堕入水中，它从上面向下落，水中的倒影却是从下边向上落，最后一接触到水面，二者合为一，像小船似的漂在那里。我曾在某一本诗话上读到两句诗："池花对影落，沙鸟带声飞。"作者深惜第二句对仗

不工。这也难怪，像"池花对影落"这样的境界究竟有几个人能参悟透呢？

晚上，我们一家人也常常坐在塘边石头上纳凉。有一夜，天空中的月亮又明又亮，把一片银光洒在荷花上。我忽听扑通一声。是我的小白波斯猫毛毛扑入水中，她大概是认为水中有白玉盘，想扑上去抓住。她一入水，大概就觉得不对头，连忙矫捷地回到岸上，把月亮的倒影打得支离破碎，好久才恢复了原形。

今年夏天，天气异常闷热，而荷花则开得特欢。绿盖擎天，红花映日，把一个不算小的池塘塞得满而又满，几乎连水面都看不到了。一个喜爱荷花的邻居，天天兴致勃勃地数荷花的朵数。今天告诉我，有四五百朵；明天又告诉我，有六七百朵。但是，我虽然知道他为人细致，却不相信他真能数出确切的数目。在荷叶底下，石头缝里，旮旮旯旯，不知还隐藏着多少菁葵，都是在岸边难以看到的。

连日来，天气突然变寒。池塘里的荷叶虽然仍是绿油油的一片，但是看来变成残荷之日也不会太远了。再过一两个月，池水一结冰，连残荷也将消逝得无影无踪。那时荷花大概会在冰下冬眠，做着春天的梦。

它们的梦一定能够圆的。"冬天如果来了，春天还会远吗？"

我为我的"季荷"祝福。

选自《人民日报》，1997年11月13日。

▶ [作者简介]

季羡林（1911—2009），山东省聊城市临清人，字希逋，又字齐奘。国际著名东方学大师、语言学家、文学家、国学家、佛学家、史学家、教育家和社会活动家。历任中国科学院哲学社会科学部委员、聊城大学名誉校长、北京大学副校长、中国社会科学院南亚研究所所长，北京大学的终身教授。

季羡林早年留学国外，通英、德、梵、巴利文，能阅俄、法文，尤精于吐火罗文（当代世界上分布区域最广的语系——印欧语系中的一种独立语言），是世界上仅有的精于此语言的几位学者之一，为"梵学、佛学、吐火罗文研究并举，中国文学、比较文学、文艺理论研究齐飞"。

季羡林多年致力于东方学，特别是印度学的研究，著述颇丰，主要有《中外文化关系史论丛》《印度简史》《罗摩衍那初探》《印度古代语言论集》等。在文学方面，他直接从梵文翻译了《沙恭达罗》《五卷书》《罗摩衍那》等印度古典名著。散文作品有《天竺心影》《赋得永久的悔》《朗润集》及《季羡林散文集》等。

十八岁出门远行

■ 余 华

　　柏油马路起伏不止，马路像是贴在海浪上。我走在这条山区公路上，我像一条船。这年我十八岁，我下巴上那几根黄色的胡须迎风飘飘，那是第一批来这里定居的胡须，所以我格外珍重它们，我在这条路上走了整整一天，已经看了很多山和很多云。所有的山所有的云，都让我联想起了熟悉的人。我就朝着它们呼唤他们的绰号，所以尽管走了一天，可我一点也不累。我就这样从早晨里穿过，现在走进了下午的尾声，而且还看到了黄昏的头发。但是我还没走进一家旅店。

　　我在路上遇到不少人，可他们都不知道前面是何处，前面是否有旅店。他们都这样告诉我："你走过去看吧。"我觉得他们说的太好了，我确实是在走过去看。可是我还没走进一家旅店。我觉得自己应该为旅店操心。

　　我奇怪自己走了一天竟只遇到一辆汽车。那时是中午，那时我刚刚想搭车，但那时仅仅只是想搭车，那时我还没为旅店操心，那时我只是觉得搭一下车非常了不起。我站在路旁朝那辆汽车挥手，我努力挥得很潇洒。可那个司机看也没看我，汽车和司机一样，也是看也没看，在我眼前一闪就过去了。我就在汽车后面拚命地追了一阵，我这样做只是为了高兴，因为那时我还没有为旅店操心。我一直追到汽车消失之后，然后我对着自己哈哈大笑，但是我马上发现笑得太厉害会影响呼吸，于是我立刻不笑。接着我就兴致勃勃地继续走路，但心里却开始后悔起来，后悔刚才没在潇洒地挥着手里放一块大石子。

　　现在我真想搭车，因为黄昏就要来了，可旅店还在它妈肚子里，但是整个下午竟没再看到一辆汽车。要是现在再拦车，我想我准能拦住。我会躺到公路中央去，我敢肯定所有的汽车都会在我耳边来个急刹车。然而现在连汽车的马达声都听不到。现在我只能走过去看了，这话不错，走过去看。

公路高低起伏，那高处总在诱惑我，诱惑我没命奔上去看旅店，可每次都只看到另一个高处，中间是一个叫人沮丧的弧度。尽管这样我还是一次一次地往高处奔，次次都是没命地奔。眼下我又往高处奔去。这一次我看到了，看到的不是旅店而是汽车。汽车是朝我这个方向停着的，停在公路的低处。我看到那个司机高高翘起的屁股，屁股上有晚霞。司机的脑袋我看不见，他的脑袋正塞在车头里。那车头的盖子斜斜翘起，像是翻起的嘴唇。车箱里高高堆着箩筐，我想着箩筐里装的肯定是水果。当然最好是香蕉。我想他的驾驶室里应该也有，那么我一坐进去就可以拿起来吃了，虽然汽车将要朝我走来的方向开去，但我已经不在乎方向。我现在需要旅店，旅店没有就需要汽车，汽车就在眼前。

　　我兴致勃勃地跑了过去，向司机打招呼："老乡，你好。"

　　司机好像没有听到，仍在弄着什么。

　　"老乡，抽烟。"

　　这时他才使了使劲，将头从里面拔出来，并伸过来一只黑乎乎的手，夹住我递过去的烟。我赶紧给他点火。他将烟叼在嘴上吸了几口后，又把头塞了进去。

　　于是我心安理得了，他只要接过我的烟，他就得让我坐他的车。我就绕着汽车转悠起来，转悠是为了侦察箩筐的内容。可是我看不清，便去使用鼻子闻，闻到了苹果味，苹果也不错，我这样想。

　　不一会他修好了车，就盖上车盖跳了下来。我赶紧走上去说："老乡，我想搭车。"不料他用黑乎乎的手推了我一把，粗暴地说："滚开。"

　　我气得无话可说，他却慢悠悠地打开车门钻了进去，然后发动机响了起来。我知道要是错过这次机会，将不再有机会。我知道现在应该豁出去了。于是我跑到另一侧，也拉开车门钻了进去。我准备与他在驾驶室里大打一场。我进去时首先是冲着他吼了一声：

　　"你嘴里还叼着我的烟。"这时汽车已经活动了。

　　然而他却笑嘻嘻地十分友好地看起我来，这让我大惑不解。他问："你上哪？"

　　我说："随便上哪。"

　　他又亲切地问："想吃苹果吗？"他仍然看着我。

　　"那还用问。"

　　"到后面去拿吧。"

　　他把汽车开得那么快，我敢爬出驾驶室爬到后面去吗？于是我就说：

"算了吧。"

他说："去拿吧。"他的眼睛还在看着我。

我说："别看了，我脸上没公路。"

他这才扭过头去看公路了。

汽车朝我来时的方向驰着，我舒服地坐在座椅上，看着窗外，和司机聊着天。现在我和他已经成为朋友了。我已经知道他是在个体贩运。这汽车是他自己的，苹果也是他的。我还听到了他口袋里面钱儿叮当响。我问他："你到什么地方去？"

他说："开过去看吧。"

这话简直像是我兄弟说的，这话可多亲切。我觉得自己与他更亲近了。车窗外的一切应该是我熟悉的，那些山那些云都让我联想起来了另一帮熟悉人来了，于是我又叫唤起另一批绰号来了。

现在我根本不在乎什么旅店，这汽车这司机这座椅让我心安而理得。我不知道汽车要到什么地方去，他也不知道。反正前面是什么地方对我们来说无关紧要，我们只要汽车在驰着，那就驰过去看吧。

可是这汽车抛锚了，那个时候我们已经是好得不能再好的朋友了。我把手搭在他肩上，他把手搭在我肩上。他正在把他的恋爱说给我听，正要说第一次拥抱女性的感觉时，这汽车抛锚了。汽车是在上坡时抛锚的，那个时候汽车突然不叫唤了，像死猪那样突然不动了。于是他又爬到车头上去了，又把那上嘴唇翻了起来，脑袋又塞了进去。我坐在驾驶室里，我知道他的屁股此刻肯定又高高翘起，但上嘴唇挡住了我的视线，我看不到他的屁股，可我听得到他修车的声音。

过了一会他把脑袋拔了出来，把车盖盖上。他那时的手更黑了，他把脏手在衣服上擦了又擦，然后跳到地上走了过来。

"修好了？"我问。

"完了，没法修了。"他说。

我想完了，"那怎么办呢"我问。

"等着瞧吧。"他漫不经心地说。

我仍在汽车里坐着，不知该怎么办。眼下我又想起什么旅店来了。那个时候太阳要落山了，晚霞则像蒸汽似地在升腾。旅店就这样重又来到了我脑中，并且逐渐膨胀，不一会便把我的脑袋塞满了。那时我的脑袋没有了，脑袋的地方长出了一个旅店。

司机这时在公路中央做起了广播操，他从第一节做到最后一节，做得很认真。做完又绕着汽车小跑起来。司机也许是在驾驶室里呆得太久，现在他需要锻炼身体了。看着他在外面活动，我在里面也坐不住，于是，打开车门也跳了下去。但我没做放手操也没小跑。我在想着旅店和旅店。

这个时候我看到坡上有五个骑着自行车下来，每辆自行车后座上都用一根扁担绑着两只很大的箩筐，我想他们大概是附近的农民，大概是卖菜回来。看到有人下来，我心里十分高兴，便迎上去喊道："老乡，你们好。"

那五个骑到我跟前时跳下了车，我很高兴地迎了上去，问："附近有旅店吗？"

他们没有回答，而是问我："车上装的是什么？"

我说："是苹果。"

他们五人推着自行车走到汽车旁，有两个人爬到了汽车上，接着就翻下来十筐苹果，下面三个人把筐盖掀开往他们自己的筐里倒。我一时间还不知道发生了什么，那情景让我目瞪口呆。我明白过来就冲了上去，责问："你们要干什么？"

他们谁也没理睬我，继续倒苹果。我上去抓住其中一个人的手喊道："有人抢苹果啦！"这时有一只拳头朝我鼻子上狠狠地揍来了，我被打出几米远。爬起来用手一摸，鼻子软塌塌地不是贴着而是挂在脸上了，鲜血像是伤心的眼泪一样流。可当我看清打铁那个身强力壮的大汉时，他们五人已经跨上自行车骑走了。

司机此刻正在慢慢地散步，嘴唇翻着大口喘气，他刚才大概跑累了。他好像一点也不知道刚才的事。我朝他喊："你的苹果被抢走了！"可他根本没注意我在喊什么，仍在慢慢地散步。我真想上去揍他一拳，也让他的鼻子挂起来。我跑过去对着他的耳朵大喊："你的苹果被抢走了。"他这才转身看了我起来，我发现他的表情越来越高兴，我发现他是在看我的鼻子。

这时候，坡上又有很多人骑着自行车下来了，每辆车后都有两只大筐，骑车的人里面有一些孩子。他们蜂拥而来，又立刻将汽车包围。好些人跳到汽车上面，于是装苹果的箩筐纷纷而下，苹果从一些摔破的筐中像我的鼻血一样流了出来。他们都发疯般往自己筐中装苹果。才一瞬间工夫，车上的苹果全到了地下。那时有几辆手扶拖拉机从坡上隆隆而下，拖拉机也停在汽车旁，跳下一帮大汉开始往拖拉机上装苹果，那些空了的箩筐一只一只被扔了出去。那时的苹果已经满地滚了，所有人都像蛤蟆似地蹲着捡苹果。

　　我是在这个时候奋不顾身扑上去的，我大声骂着："强盗！"扑了上去。于是有无数拳脚前来迎接，我全身每个地方几乎同时挨了揍。我支撑着从地上爬起来时，几个孩子朝我击来苹果。苹果撞在脑袋上碎了，但脑袋没碎。我正要扑过去揍那些孩子，有一只脚狠狠地踢在我腰部。我想叫唤一声，可嘴巴一张却没有声音。我跌坐在地上，我再也爬不起来了，只能看着他们乱抢苹果。我开始用眼睛去寻找那司机，这家伙此刻正站在远处朝我哈哈大笑，我便知道现在自己的模样一定比刚才的鼻子更精彩了。

　　那个时候我连愤怒的力气都没有了。我只能用眼睛看着这些使我愤怒极顶的一切。我最愤怒的是那个司机。

　　坡上又下来了一些手扶拖拉机和自行车，他们也投入到这场浩劫中去。我看到地上的苹果越来越少，看着一些人离去和一些人来到。来迟的人开始在汽车上动手，我看着他们将车窗玻璃卸了下来，将轮胎卸了下来，又将木板撬了下来。轮胎被卸去后的汽车显得特别垂头丧气，它趴在地上。一些孩子则去捡那些刚才被扔出去的箩筐。我看着地上越来越干净，人也越来越少。可我那时只能看着了，因为我连愤怒的力气都没有了。我坐在地上爬不起来，我只能让目光走来走去。

　　现在四周空荡荡了，只有一辆手扶拖拉机还停在趴着的汽车旁。有几个人在汽车旁东瞧西望，是在看看还有什么东西可以拿走。看了一阵后才一个一个爬到拖拉机上，于是拖拉机开动了。

　　这时我看到那个司机也跳到拖拉机上去了，他在车斗里坐下来后还在朝我哈哈大笑。我看到他手里抱着的是我那个红色的背包。他把我的背包抢走了。背包里有我的衣服和我的钱，还有食品和书。可他把我的背包抢走了。

　　我看着拖拉机爬上了坡，然后就消失了，但仍能听到它的声音，可不一会连声音都没有了。四周一下子寂静下来，天也开始黑下来。我仍在地上坐着，我这时又饥又冷，可我现在什么都没有了。

　　我在那里坐了很久，然后才慢慢爬起来，我爬起来时很艰难，因为每动一下全身就剧烈地疼痛，但我还是爬了起来。我一拐一拐地走到汽车旁边。那汽车的模样真是惨极了，它遍体鳞伤地趴在那里，我知道自己也是遍体鳞伤了。

　　天色完全黑了，四周什么都没有，只有遍体鳞伤的汽车和遍体鳞伤的我。我无限悲伤地看着汽车，汽车也无限悲伤地看着我。我伸出手去抚摸了它。它浑身冰凉。那时候开始起风了，风很大，山上树叶摇动时的声音像是海涛的声音，这声音使我恐惧，使我也像汽车一样浑身冰凉。

我打开车门钻了进去，座椅没被他们撬去，这让我心里稍稍有了安慰。我就在驾驶室里躺了下来。我闻到了一股漏出来的汽油味，那气味像是我身内流出的血液的气味。外面风越来越大，但我躺在座椅上开始感到暖和一点了。我感到这汽车虽然遍体鳞伤，可它心窝还是健全的，还是暖和的。我知道自己的心窝也是暖和的。我一直在寻找旅店，没想到旅店你竟在这里。

我躺在汽车的心窝里，想起了那么一个晴朗温和的中午，那时的阳光非常美丽。我记得自己在外面高高兴兴地玩了半天，然后我回家了，在窗外看到父亲正在屋内整理一个红色的背包，我扑在窗口问："爸爸，你要出门？"

父亲转过身来温和地说："不，是让你出门。"

"让我出门？"

"是的，你已经十八了，你应该去认识一下外面的世界了。"

后来我就背起了那个漂亮的红背包，父亲在我脑后拍了一下，就像在马屁股上拍了一下。于是我欢快地冲出了家门，像一匹兴高采烈的马一样欢快地奔跑了起来。

一九八六年十一月十六日北京

选自《十八岁出门远行》，作家出版社，1989 年版。

▶ [作者简介]

余华，生于 1960 年，浙江海盐人。曾就职于海盐县文化馆和嘉兴市文联，现定居北京从事职业写作。1984 年开始文学创作，写下了《十八岁出门远行》《现实一种》《世事如烟》《河边的错误》《鲜血梅花》等几十部短中篇小说。主要作品有长篇小说《在细雨中呼唤》《活着》《许三观卖血记》，中篇小说集《我胆小如鼠》，随笔集《灵魂饭》等多部。其作品已经被翻译成英、法、德、荷兰、意大利、西班牙、挪威、日、韩等文在国外出版。其中《活着》和《许三观卖血记》同时入选"20世纪90年代最有影响的十部作品";《许三观卖血记》入选韩国《中央日报》评选的100部必读书。曾荣获意大利文学基金会颁发的1998年度格林扎纳·卡佛文学奖,以及澳大利亚詹姆斯·乔伊斯基金会颁发的2002年度悬念句子文学奖,为近年十分活跃的新潮小说代表作家之一。

美学的意义在于启迪智慧

■ 易中天

美学并不提供直接通往艺术殿堂的通用门票

必须承认，把这本讲"美学的问题与历史"的书叫作《破门而入》（复旦大学出版社 2005 年 1 月版），确实"别有用心"，但绝非"哗众取宠"。事实上，普及美学也好，研究美学也好，都非"破门而入"不可，因为误解和误区太多。正是这些误解和误区，使许多人不得其门而入。

最常见的莫过于把美学混同于美术甚至美容了。不少人兴致勃勃地去听美学课，或者买了美学书来硬着头皮读，目的很明确，就是为了"学以致用"，学会买衣服，挑女朋友，至少也要学会看电影、听音乐、欣赏绘画和雕塑。结果他们多半失望，因为美学书不讲这些，美学家也不会这个。美学并不提供直接通往艺术殿堂的通用门票。

它不讲（也不应该讲）具体的艺术欣赏问题，比如一幅画应该怎么看，一首乐曲应该怎么听。讲这些问题的是门类艺术学，比如音乐学、美术学、戏剧学、舞蹈学。它们都有一些入门的书，入门的道道，比如看国画要看笔墨，看电影要懂蒙太奇等。但是，它们的门票不通用。你不能拿着音乐学的门票入美术的门，也不能拿着舞蹈学的门票入戏剧的门。因为这些门类的艺术语言是不通约、不兼容的。所以，门类艺术学只能是"铁路警察，各管一段"。

那么，有没有把音乐、美术、戏剧、舞蹈、电影统统管起来的呢？有。美学和一般艺术学就是，但可惜它们都不卖门票。一般艺术学是把所有门类的艺术都统起来研究的。它研究的已不是"现象"，而是"问题"，因此比门类艺术学抽象。美学就更抽象了。因为美学是艺术中的"形而上学"（所以又叫"元艺术学"）。它研究的甚至不是"问题"，而是"问题的问题"。所以，美学是最"通"的，也是最"没有用"的，是"通而不用"。美学的这种性质常常引起人们的愤怒和不满。许多人指责美

x

学家，说人民群众养着你们，养了两三千年了，你们却连张门票都拿不出，要你们有什么用！

美学的作用在于满足人类的好奇心和为艺术立法

其实美学的"用"还是有一点的，那就是满足人类的好奇心，满足人们对已知世界和未知世界探索的愿望。人，是一种善于提问的动物。他遇到任何一个现象，都会问三个问题：是什么、为什么、怎么办。这些问题，就构成了人类全部的知识系统，其中也包括"美是什么"。这是只能由美学来回答的。我们人类这么智慧的一个物种，如果连这个"起码"的问题都回答不了，恐怕又会有人嚷嚷：那些搞美学的呢？上哪儿去了？把他们找回来！

美学的第二个作用，就是为艺术立法。如果说门类艺术学是"铁路警察"，那么，一般艺术学就是"公安部长"，美学则是"全国人大"。也就是说，美学研究的，是艺术和审美中那些带有根本性和普遍性的问题，而不是具体的"案子"。再打两个比方，美学好比城市规划，一般艺术学好比城市设计，门类艺术学好比建筑设计；或者说，美学是董事长，一般艺术学是总经理，门类艺术学是部门经理。美学，是不是不能不要？

但这只是"要"美学的原因，不是"学"美学的理由。一个人，如果既不是"人大常委"，又不搞"城市规划"，为什么还要学美学呢？

知识好比数据，方法好比程序，智慧则是设计程序的程序

这就牵涉到教育的目的。教育的目的，一般都被说成是知识的授受，而知识则被看作是有用的东西。所以，一门课程如果看起来没什么用，就很少有人去听。这其实是大谬不然。首先，教育的本来目的是人的全面自由发展。这就必须既学有用的东西，又学看起来没用的东西，才可能全面、丰富、自由。第二，教育决不等于知识的传授，更不等于知识越多就越好。好的教育应该是传授方法而非单纯地传授知识。也就是说，给你一把打开宝库的钥匙（方法），而不是给你一堆金银财宝（知识）。第三，比传授方法更重要的是启迪智慧。如果说传授知识好比录入数据，传授方法好比拷贝程序，那么，启迪智慧就好比设计程序。设计程序也

是要有程序的，这就是智慧。有了智慧（设计程序的程序），没有数据（知识）也能获得数据，没有程序（方法）也能获得程序。相反，没有智慧，就不是人才，顶多只能算是一台电脑。如果连方法都没有，那就只能算是一张刻满数据的光盘了。所以，方法比知识重要，智慧又比方法更重要。

美学的意义正在于启迪智慧。这些数据只有一个作用，就是用来支持它的程序。这个程序就是对美和艺术的哲学思考。哲学绝非如许多人想象的那样枯燥、丑陋，因为它的本来意义是"爱智慧"。真正的哲学，作为"设计程序的程序"，都是怀着对世界、对人生、对真理、对智慧的爱来设计的。何况美学的程序，还要靠美和艺术这两种赏心悦目的数据来支持，岂能令人望而生厌？如果令人生厌，那一定是"伪哲学"和"伪美学"。

实际上，美学就是用哲学之剑解艺术之谜，将体验上升为智慧。因此美学能使我们成为一个既有智慧又有体验的人，至少也可以让我们变得聪明一些。这就叫"看似无用，必有大用"。

为什么美学必须是美学史

美学的意义既然在于启迪智慧，它就只能"破门而入"。因为智慧与知识不同。知识关乎事物，智慧关乎人生；知识属于社会，智慧属于个人；知识可以传授，智慧不能转让。这也是电脑与人心的区别。电脑里的程序是可以拷贝的，人心中的智慧却只属于他自己。

智慧不能转让，却可以启迪。启迪的方法，就是把智慧展现出来。具体地说，就是要告诉大家历史上的那些难题是怎样解决的，解决之后又留下了什么新问题。因此美学必须是美学史，也只能是美学史。在这里，要紧的不是那些美学家的结论，而是他们的思维模式和思想方法。因为这些结论既不能一劳永逸地解决问题，也未能得到大家的公认，何况得到了公认也不能当门票，只能称之为"不是数据的数据"。所以，结论是不重要的，隐藏在这些数据背后的程序才有价值。

这就要围绕问题讲历史，或历史地讲问题。这也就是破，就是批判，就是清算或清理。故本书又名《美学的问题与历史》。历史讲完了，问题一点一点厘清了，这才谈得上"立"。这就叫"破字当头，立在其中"。当然，对于我们来说，真正要"立"的，也就是发现问题、提出问题、分析问题、解决问题的能力，即"设计程序的程序"——智慧。至于能否做到，就要看各人的造化了。

选自《破门而入：美学的问题与历史》，复旦大学出版社，2006年版。

▶ ［作者简介］

易中天，生于1947年，湖南长沙人，中国知名作家、学者、教育家，厦门大学教授，第八届中国作家富豪榜致敬作家。1981年毕业于武汉大学，获文学硕士学位并留校任教，后在厦门大学中文系任教。

易中天长期从事文学、艺术、美学、心理学、人类学、历史学等研究，著有《美学思想论稿》《艺术人类学》等著作。撰写出版了"易中天随笔体学术著作·中国文化系列"4种：《闲话的中国人》《中国的男人和女人》《读城记》和《品人续录》。2005年央视《百家讲坛》"开坛论道"的学者，2006年在央视"百家讲坛"主讲《汉代风云人物》《易中天品三国》。2013年宣布写作36卷本《易中天中华史》，2013年12月5日，荣获第八届作家富豪榜最佳历史书。

金圣叹之不亦快哉三十三则

■ 林语堂

其一：夏七月，赤日停天，亦无风，亦无云；前后庭赫然如洪炉，无一鸟敢来飞。汗出遍身，纵横成渠。置饭于前，不可得吃。呼簟欲卧地上，则地湿如膏，苍蝇又来缘颈附鼻，驱之不去。正莫可如何，忽然大黑车轴，疾澍澎湃之声，如数百万金鼓。檐溜浩于瀑布。身汗顿收，地燥如扫，苍蝇尽去，饭便得吃。不亦快哉！

其二：十年别友，抵暮忽至。开门一揖毕，不及问其船来陆来，并不及命其坐床坐榻，便自疾趋入内，卑辞叩内子："君岂有斗酒如东坡妇乎？"内子欣然拔金簪相付。计之可作三日供也。不亦快哉！

其三：空斋独坐，正思夜来床头鼠耗可恼，不知其戛戛者是损我何器，嗤嗤者是裂我何书。中心回惑，其理莫措，忽见一狻猫，注目摇尾，似有所睹。敛声屏息，少复待之，则疾趋如风，唧然一声。而此物竟去矣。不亦快哉！

其四：于书斋前，拔去垂丝海棠紫荆等树，多种芭蕉一二十本。不亦快哉！

其五：春夜与诸豪士快饮，至半醉，住本难住，进则难进。旁一解意童子，忽送大纸炮可十余枚，便自起身出席，取火放之。硫磺之香，自鼻入脑，通身怡然。不亦快哉！

其六：街行见两措大执争一理，既皆目裂颈赤，如不戴天，而又高拱手，低曲腰，满口仍用者也之乎等字。其语刺刺，势将连年不休。忽有壮夫掉臂行来，振威从中一喝而解。不亦快哉！

其七：子弟背诵书烂熟，如瓶中泻水。不亦快哉！

其八：饭后无事，入市闲行，见有小物，戏复买之，买亦已成矣，所差者甚少，而市儿苦争，必不相饶。便掏袖下一件，其轻重与前直相上下者，掷而与之。市儿忽改笑容，拱手连称不敢。不亦快哉！

其九：饭后无事，翻倒敝箧。则见新旧逋欠文契不下数十百通，其人或存或亡，总之无有还理。背人取火拉杂烧净，仰看高天，萧然无云。不亦快哉！

其十：夏月科头赤足，自持凉伞遮日，看壮夫唱吴歌，踏桔槔。水一时溅涌而上，譬如翻银滚雪。不亦快哉！

其十一：春眠初觉，似闻家人叹息之声，言某人夜来已死。急呼而讯之，正是一城中第一绝有心计人。不亦快哉！

其十二：夏月早起，看人于松棚下，锯大竹作筒用。不亦快哉！

其十三：重阴匝月，如醉如病，朝眠不起。忽闻众鸟毕作弄晴之声，急引手搴帷，推窗视之，日光晶荧，林木如洗。不亦快哉！

其十四：夜来似闻某人素心，明日试往看之。入其门，窥其闺，见所谓某人，方据案面南看一文书。顾客入来，默然一揖，便拉袖命坐，曰："君既来，可亦试看此书。"相与欢笑，日影尽去。既已自饥，徐问客曰："君亦饥耶"。不亦快哉！

其十五：本不欲造屋，偶得闲钱，试造一屋。自此日为始，需木，需石，需瓦，需砖，需灰，需钉，无晨无夕，不来聒于两耳。乃至罗雀掘鼠，无非为屋校计，而又都不得屋住，既已安之如命矣。忽然一日屋竟落成，刷墙扫地，糊窗挂画。一切匠作出门毕去，同人乃来分榻列坐。不亦快哉！

其十六：冬夜饮酒，转复寒甚，推窗试看，雪大如手，已积三四寸矣。不亦快哉！

其十七：夏日于朱红盘中，自拔快刀，切绿沉西瓜。不亦快哉！

其十八：久欲为比丘，苦不得公然吃肉。若许为比丘，又得公然吃肉，则夏月以热汤快刀，净割头发。不亦快哉！

其十九：箧中无意忽检得故人手迹。不亦快哉！

其二十：存得三四癞疮于私处，时呼热汤关门澡之。不亦快哉！

其廿一：寒士来借银，谓不可启齿，于是唯唯亦说他事。我窥其苦意，拉向无人处，问所需多少。急趋入内，如数给与，然后问其必当速归料理是事耶，为尚得少留共饮酒耶。不亦快哉！

其廿二：坐小船，遇利风，苦不得张帆，一快其心。忽逢舟艑舸，疾行如风。试伸挽钩，聊复挽之。不意挽之便着，因取缆，缆向其尾，口中高吟老杜"青惜峰峦，黄知橘柚来"之句，极大笑乐。不亦快哉！

其廿三：久欲觅别居与友人共住，而苦无善地。忽一人传来云有屋不多，可十余间，而门临大河，嘉树葱然。便与此人共吃饭毕，试走看之，都未知屋如何。入门先见空地一片，大可六七亩许，异日瓜菜不足复虑。不亦快哉！

其廿四：久客得归，望见郭门，两岸童妇，皆作故乡之声。不亦快哉！

其廿五：佳磁既损，必无完理。反覆多看，徒乱人意。因宣付厨人作杂器充用，永不更令到眼。不亦快哉！

其廿六：身非圣人，安能无过。夜来不觉私作一事，早起怦怦，实不自安。忽然想到佛家有布萨之法，不自覆藏，便成忏悔，因明对生熟众客，快然自陈其失。不亦快哉！

其廿七：看人作擘窠大书，不亦快哉！

其廿八：推纸窗放蜂出去，不亦快哉！

其廿九：作县官，每日打鼓退堂时，不亦快哉！

其三十：看人风筝断，不亦快哉！

其卅一：看野烧，不亦快哉！

其卅二：还债毕，不亦快哉！

其卅三：读《虬髯客传》，不亦快哉！

选自《林语堂散文》，北京出版社，2008 年版。

▶ ［作者简介］

林语堂（1895—1976），福建龙溪人，原名和乐，后改玉堂，又改语堂，中国现代著名作家、学者、翻译家、语言学家，新道家代表人物。

早年留学美国、德国，获哈佛大学文学硕士，莱比锡大学语言学博士。回国后在清华大学、北京大学、厦门大学任教。1945 年赴新加坡筹建南洋大学，任校长。曾任联合国教科文组织美术与文学主任、国际笔会副会长等职。林语堂于 1940 年和 1950 年先后两度获得诺贝尔文学奖提名。曾创办《论语》《人世间》《宇宙风》等刊物，作品包括小说《京华烟云》

《啼笑皆非》，散文和杂文文集《人生的盛宴》《生活的艺术》及译著《东坡诗文选》《浮生六记》等。

[思考与练习]

1. 试比较席慕蓉和徐志摩诗歌的不同。

2. 谈谈你对美学的认识。

3. 背诵席慕蓉、徐志摩的诗歌。

4. 请分析金圣叹作品的特点。

第三单元

谈美

TANMEI LUNYI

论艺

看蒙娜丽莎看

■ 熊秉明

一

面对一幅画，我们说"看画"。

画是客体，挂在那里。我们背了手凑近、退远、审视、端详、联想、冥想、玩味、评价。大自然的山水、鸟兽、草木，人间的英雄与圣徒、妇女与孩童、爱情与劳动、战争与游戏、欢喜与悲痛，都定影在那里，化为我们"看"的对象。连上想象里的鬼怪与神祇、天堂与地狱、创世纪和最后审判；连上非想象里的抽象的形、纯粹的色、理性摆布的结构、潜意识底层泛起的幻觉，这一切都不再对我们有什么实际的威胁或蛊惑。无论它们怎样神奇诡谲，终是以"画"的身份显示在那里，作为"欣赏"的对象，听凭我们下"好"或者"不好"的评语。

欣赏者——欣赏对象。

这是我们和画的关系。我们处于一种安全而优越的地位，享受着观赏之全体的愉快、骄傲和踌躇满志。

然而走到蒙娜丽莎之前，情形有些不同了。我们的静观受到意外的干扰。画中的主题并不是安安稳稳地在那里"被看"、"被欣赏"、"被品鉴"。相反，她也在"看"，在凝眸谛视、在探测。侧了头，从眼角上射过来的目光，比我们的更专注、更锋锐、更持久、更具密度、更蕴深意。她争取着主体的地位，她简直要把我们看成一幅画、一幅静物，任她的眼光去分析、去解剖、而且评价。她简直动摇了我们作为"欣赏者"的存在的权利和自信。

二

也并非没有在画里向我们注视的人物。

像安格尔（Ingres,1780—1867）的那些贵妇与绅士，端坐着，像制成标本的兽，眼窝里嵌着瓷球，晶亮、发光、很能乱真，定定地瞅过来，然而终于只是冰冷的晶亮的瓷球。这样的空虚失神的凝视当然不给我们什么威胁。

像提香（Titian,1490—1576）的威尼斯贵族男子肖像，眼瞳里闪烁着文艺复兴时代贵族们的阴险和狡诈，目光像浸了毒鸩的剑锋，向你挑战。他们娴于幕前幕后的争权夺利、明枪暗箭，在瞥视你的顷间，已估计了你的身世、才智、毅力、野心以及成败的机会率。

像林布兰特（Rembrandt,1606—1669）的人物，无论是老人、妇人、壮者以及孩子，他们往往也是看向观赏者的。他们的眼光像壁炉里的烈焰，要照红观者的手、面庞、眼睛、胸膛，照出观者腑脏里的潜藏着的悲苦与欢喜。把辛酸燃烧起来，把欢乐燃烧起来，把观者的苍白烘照成赤金色……

这样的画和我们的关系，也不仅只是"欣赏者—欣赏对象"的关系。它们也有意要把我们驱逐到欣赏领域以外去，强迫我们退到存在的层次，在那里被摆布、被究诘、被拷问、被裁判、被怜悯，被扶持、被拥抱。

三

而蒙娜丽莎的眼光是另一样的，在存在的层次，对我们作另一种要求。

她看向你，她注视你，她的注视要诱导出你的注视。那眼光像迷路后，在暮色苍茫里，远远地闪起的一粒火光，耀熠着，在叫唤你，引诱你向她去。而你也猝然具有了鸥枭的视力，野猫子的轻步，老水手观测晚云的敏觉。

四

少女的诱惑和少妇的诱惑。

少女的。在她的肌体的发育到一定的时刻，便泛起饱和的滋润和鲜美。皮肤的色泽，匀净纯一之至，从红红到白白之间的转化，自然而微妙，你找不到分界的迹象。匀净纯一之至。你不能判定哪是弧线，哪是直线，辨不出哪里是颈的开始，哪里是肩的消失。你想努力去辨析，而终不能，而你终于在这努力里技穷，瞠然、哑然、被征服。少女自己未必自觉吧。一旦自觉，也要为这奇异的诱惑力感到吃惊，而羞涩、不安、含着歉意，但每一颗细胞、每一条发光的青丝并不顾虑这些，直放着无忌惮的芳香。

有少妇的诱惑。她在心灵成熟到一定的时刻，更孕怀着爱和智慧，宽容与认真，温柔与刚毅，对生命的洞识和执着。她的躯体仍有美，然而锋芒已稍稍收敛了。活力仍然充沛饱满，然而表面的波纹已稍稍平静了。皮下的脂肪已经聚集，肌肤水分已经储备，到处的曲线模拟果实的浑满。她懂得爱了，而且爱过，曾经因爱快乐过也痛苦过，血流过，腹部战栗过，腰酸痛过。她如果诱惑，她能意识到那诱惑的强度，和所可能导致的风险。她是那诱惑的主人。她是谨慎的，她得掌握住自己的命运，以及这个世界的命运。虽然诱惑，她的生命不轻易交付出来，她也不许你把生命轻易拿来交换。如果她看向你，她的眼睛里有探测和估量。

蒙娜丽莎的眼睛是少妇的。

五

她知道她在做什么。她向你睇视，守候着。她在观察。像那一双优美的叠合的手，耐心地期待。

她睇向你，等你看向她。她诱惑你的诱惑，等待你的诱惑。

假使你不敢回答，她也只有缄默。假使你轻率地回答，她将莞尔报以轻蔑的微笑。假使你不能毅然走向她，她决不会来迎向你。她在探测你的存在的广度、高度、深度、密度，她在探测你的存在的决心和信心。

她的眼睛里果有什么秘密么？你想窥探进去，寻觅，然而没有。欠身临视那里，像一眼井，你看见自己的影子。那里只有为她所观测，所剖析你自己的形象。像一面忠实的明镜，她的眼光不否定，也不肯定。可能否定，也可能肯定，但看我们自己的抉择和态度。她的眼光像一束透射线，要把我们内部存在的样式映在毛玻璃上，使骨骼内脏都历历在目。她的眼光是一口陷阱，将我们的过去、现在和未来都一并活活地捕获。如果那眼光里有秘密可寻，那就正是我们的彷徨、惶悚、紧张、狼狈。爱么？不爱么？To be or not to be？

她终不置可否，只静待你的声音。她似乎已料到你的回答，似乎已猜透你的浮夸、轻薄、怯懦，似乎已觉察你的不安、觉醒，以及奋起，以及隐秘暗藏的抱负——于是嘴角上隐然泛起微笑。

六

神秘的笑。因为是一种未确定的两可的笑。并无暗示，也非拒绝。不含情也非严峻的矜持。她似关切，而又淡然。在一段模棱两可的距离里，冷眼窥测你的行止。

她超然于有情和无情之上，然而她也并未能超然于有情无情之上。她的命运也正是你的决定所造就。她的凝视，正是凝视她自己命运的形成。她看自己命运似乎看得十分真切，以致她可以完全平静地、泰然地去接受。而此刻，她在有情与无情之上，将有情，而却尚未有情。

尚未有情的眼光是最苛求的。如果真是爱了，那爱的顾盼有宽容、溺爱。它将容忍我们的缺陷，慰藉我们的尚未坚强，扎裹我们的创伤。而尚未有爱的顾盼则毫无纵容的余地，它瞄准我们，对我们的要求绝对严、无限大。它在无穷远的距离，向我们盯视、召唤，我们只能是一个无穷极的追求、无休止的奔驰。

七

芬奇是置身这可怕的眼光中的第一个。而他就是创造这眼光的人。他在这可怕的眼光中一点一点塑造这眼光的可怕。

世界上的一切，对芬奇来说，都一样是吸引，激起他的惊异，挑起他的探索，是对他的能力的测验、挑战。

向高空飞升，自高空而降的陨落；水的浮、水的流；火的燃烧、火的爆炸力跨过齿轮，穿过杠杆，变大、缩小，栖在强弩的弦上。他制造了飞翼、飞厢、潜水衣、踩水履。他已恍然感到凌空凭虚的晕眩，听长风在翼缘上吹哨，预感到翼底大气的阻力系数。像描绘波状的柔发，他描绘奇妙的流体力学的图式。他使水爬过山脊到山的那一边；他使水在理想都市的下水道里听从地流泻。他制造的火花飞到夜空的星丛之间；他用凹面镜收聚太阳的光线；他计算从地球到月球的路程……

云的形状，山峰的形状，迷路在山顶的海贝，野花瓣萼的编制，兽体的比例，从狮子的吼声到苍蝇翅膀的嗡嗡……都引起他的讶异、探问、试验。他从此刻的山、云海的性质样态，幻想造山时代岣岩怪石的迸飞，世界末日的气、水、火、风的大旋舞。他剖开人体，看血管密网的蛛式分布，白骨的黄金分割，头颅脑床的凹形，心脏的密室。他画过婴孩的圆润、老人的棱角嶙峋、少男少女的俊秀，从千变万化的面貌中演绎出对圣者智者以及臃肿憨蠢的丑怪。从面貌的千变万化中捕捉心灵的阴睛风雨、幸福与悲剧。生的微笑，死的恐怖，犹大的凶险惶惑，其余十一个门徒的惊骇、悲伤、无助、绝望，人之子大爱的坦然，圣母的温慈，圣母的安详。

他画过尚在子宫里沉睡的胎儿，画过浑圆的孕妇的躯体，画过被吊毙的囚犯，在酣战中号叫的斗士，他守候过生命在百龄老人的躯体如何渐渐撤退。他买回笼鸟，为了放生，却又精心地设计屠杀的武器。而冷钢的白刃却又具有最优美的线条，一如少女的乳峰。设计刺穿一切胸膛以及一切盾的矛，并设计抵御一切暴力和一切矛的盾……真正是矛盾的人物。神与魔、光与影、美和丑、物和心都给他同等研究、探索、描绘的欲求和兴致，不仅没有神，也没有魔鬼。没有恐惧，也没有崇拜。一切都必须看个明白、透彻。浮士德式的人物。

他的宇宙里没有神，只有神秘；没有恶魔，然而充满诱惑。

八

但是，女人，这一切诱惑中的诱惑，他平生没有接近过。他不但不曾结婚，而且似乎没有恋爱过。翻完那许多手稿几乎找不到一点关于女人在他真实生活里的纪录。他不是没有召见于当时的绝色而富有才华的伊莎伯代思特，受到其他贵族奇女子的赏识和宠遇，他何尝不动心于异性的妩媚和风采？他不是精微地描绘过女子的容貌的么？他不是一再画过神话里的丽达的裸体的么？但是他的智慧要他冷眼观察这诱惑的性质、作用。

像一个冷静的科学家，他对于那诱惑进行带着距离的观测。他要从自己激动的心理状态中蝉蜕出来，把自己化为两个个体，精神分裂开来，反观自己，认识诱惑现象。

他像一个炼金术的法师，企图把"诱惑"这元素从这个世界里提炼出来，变成一小撮金粉，储藏在曲颈瓶底给人看。

又像一个羞涩、畏怯的男孩，他只窃窃地躲在窗子后面，远望街角上她的身影。不吻、不抱。他满足于观察她的傲然、矜持，而又脉脉的善意的流盼。他一生就逗留在这青春的年纪，少年维特的危险的年纪。

芬奇和蒙娜丽莎，也就是芬奇和女性的关系。而芬奇和女性的关系，也就是芬奇和这个世界一切事物的关系。一切事物都刺激他的好奇、追问，一切事物于他都是一种诱惑。而女性的诱惑是一切的集中、公约数、象征。

这纯诱惑与追求之间有一形而上学的距离，如果诱惑者和被诱惑者一旦相接触了，就像两个磁极同时毁灭。没有了诱惑，也没有了追求。这微笑的顾盼是一永远达不到的极限，先验地不可能接近的绝对。于是追求永在进行，诱惑也永在进行，无穷尽地趋近。

九

芬奇不是一个作形而上学玄思的哲学家。他的兴趣是具体世界的形形色色，和中世纪追求理念世界的哲学是相背道而驰的。他的问题在形形色色之中，也只在形形色色之中。他的哲学是这可见、可度量、可捉摸的世界的意义，他要画出这世界的秩序、法则，以图画解说这世界，认知这世界，征服这世界，改造这世界。

他要画出最初的因，最终的果。他要画出生命的起源，神秘的诞生。他要画出诱惑的本质，知性的觉醒。

十

而有一天，一切神秘、一切鬼睒眼的诱惑的总和，他恍然在这一个女人的面庞上分明地看见了，像镭元素从几十吨矿砂中离析出来，闪起离奇的光。那是一对眼波，少妇的，含激烈的、必然的、命令性的诱惑，而尚未含情，冷然侧睐。那眼光后面隐藏着一切可能的课题，埋伏着一切鬼睒眼的闪熠，一切形形色色都置根在其中。又似乎一无所有，只是猜不透。

然而他必须把这眼光捕捉到，捕捉这不可捕捉的。即使芬奇毕生不曾遇到这一个叫作卓孔达夫人的蒙娜丽莎，总有一天，他终要创造出这眼光来的。他画的圣母、圣约翰洗礼者不都早就酷似这一面型、这一笑容么？

卓孔达夫人的笑容究竟是怎样的？由另一个画家画来，会是什么样？是芬奇心目里的女人的神秘的笑酷似卓孔达夫人的笑呢？还是卓孔达夫人的笑酷似芬奇心目里的女人的神秘的笑呢？两个笑容互相回映、叠影、交融，不再能分得开。

十一

这或者是一件平常、甚至凡俗不足道的事——画家和模特儿的故事。哥雅（Goya,1746—1828）曾画了裸体的玛亚，玛亚的丈夫突然想看画像进行得怎样了，哥雅连夜赶出了《着衣的玛亚》。

画商卓孔达先生聘请达·芬奇为他的爱妻作肖像，画家一见这面貌便倾倒了。那面貌似曾相识，给他以说不出的无比的吸引。但画家不愿走近模特儿一步，这一面貌是对他的天才的挑战。他用了世间罕有的智慧和绝艺刻画她的诱能，并且画出他所跨不过去，不愿跨过去的他和她之间的距离。

这或者是一件平常、很可解释而并不足为怪的事——精神分析学家的一个病例。他不能真地去拥抱女人，恋母情结牵引起来的变态心理，他只能把女性放在远处去观照。他不肯把歌颂、爱慕兑换为肉体的接触；但是他把他的追求的心捧出来给人看，不，把她的诱素隔离出来给人看。他所画的已不是她，不是诱惑者，他直要画出"诱惑"本身，把诱惑提炼了、结晶了，冷藏在画框中。诱惑已经和性别分离开来而成为"纯诱惑"。有人甚至疑心到蒙娜丽莎是少男乔装的女人。达·芬奇的圣约翰洗礼者正有这样离奇地微笑着的柔和的面孔。但是蒙娜丽莎的那一双手难道也能乔装么？而且即便退一百步说，那真是乔装的少年，那么依然是冒充了女性的诱惑，依然是"女性的"诱惑了。

十二

没有发饰，没有一颗珍珠、一粒宝石，没有一枚指环，衣服上没有丝微绣花，她素淡到失去社会性、人间性。只要比较一下文艺复兴时代女子的肖像，就立刻可以发现这一点。她的诱惑不依赖珠宝的光泽、锦绣的绮丽。只伴以背后的溪流，一段北意大利阿尔卑斯山嶙峋峥嵘的峰峦，蜿蜒而远去的山路，谷底的桥。她在室内么？在外光么？她在两者之间的露台上。浅绿的天光像破晓又像傍晚，像早春，又像晚秋，似乎在将放花的季节，又似乎空气里浮荡着正浓的葡萄酒的醇香。模棱两可的时刻，模棱两可的空间。没有田园，没有房舍，在这寂寥的道路上，没有驻足的可能。人只能从这峡谷匆匆穿过。而路那么曲折，使旅人惆怅而踟蹰。而此时没有人影。

曦色，或者夕色，抹在她的额上、颊上、袒着的前胸上、手背上。没有太阳，没有月亮，没有星辰。她混入无定的苍茫的大自然之中。汇合了一切视力，这一对眼睛闪烁着，灿然、盼然、皎然如一自然的奇景、宇宙的奇象。

引起另一双眼睛无穷极的注视。

十三

对于具有无穷之诱惑、绝对之诱惑的眼光，只能以无穷追求的心，绝对追求的心去捕捉、去刻画，在生存层次具有无穷诱惑的魅力的东西，那形象本身也必定有无穷尽的造型性的诡谲微妙。敢于从事无穷的追求的人，能感到无穷寻觅的大满足，永远画不完的大欢喜。像驰骋在大草原上的骏马酣欢，因为它跑不完这辽阔的草和天。他必须画出那画不出；他必须画出那画不出之所以画不出。他要一点一点趋近那画不完。而他要画不完那画不完。达·芬奇曾经把生命消耗在那么多各种各样的作业上，而一无所成，因为都有个止境；而他不愿意有止境，他只得放弃。

而这一桩工作本身是不可能完成的。不可能的作业，非时间之内的作业。

一年、两年、三年、四年……大诱惑的，而淡若无的笑渐渐在画布显现，得到恍惚的定影，得到恍惚的定义。然而既是永劫的诱惑和永劫的追求的角逐，绝对零是没有的。总保留着称微的恍惚、浮动、模棱，总剩余那么一个极限的数字，那一小段不断缩短的遥远，总还有那么一成未完成。而在这残酷、美妙而遥远的眼光下画家老了——潇洒的长发，浓密的长眉，透出白丝，渐渐花白，进而化为一片银光、银雾。银雾时的眼睛、炯炯的鹰隼类的目光也渐渐黯淡了，花了，雾了。在她的凝眸里画家临终时，可能还曾在那最后一段不可测度的距离上走上前一步吧，在微妙的面庞的光影之间添上一笔吧，而画家终于闭上衰竭的两眼，让三尺见方的画布上遗下他曾经无穷追求的痕迹。

十四

而此刻，我们，立在芬奇坐着工作了多少晨昏的位置上，我们看蒙娜丽莎的看。在蒙娜丽莎目光的焦点上，她不给我们欣赏者以安适、宁静，她要从我们的眼睛里摄出谛视和好奇，搜出惊惶与不安，掘出存在的信念和抉择的矫勇，诱惑出爱的炽燃，和爱之上的追问的大欲求，要把我们有限的存在扯长，变成无穷极的恋者、追求者、奔驰者，像落在太空里的人造卫星，在星际，在星云之际，永远飞行，而死在尚未触到她的时分，在她的裙裾之前三步的距离里。

选自《熊秉明美术随笔》，人民文学出版社，2008年版。

▶ ［作者简介］

熊秉明（1922—2002），云南人，生于南京，著名法籍华人艺术家、哲学家，中国数学家熊庆来之子。熊秉明集哲学、文学、绘画、雕塑、书法之修养于一身，旅居法国50年，无论对人生哲学的体悟还是对艺术创作的实践，都贯穿东西，融合了中国的人文精神。

早期主要制作大型写实雕塑。20世纪60年代起，以水牛为主题制作铜塑。著有《张旭与草书》（法文）、《中国书法理论体系》、《关于罗丹枣日记译抄》、《诗三篇》、《展览会观念或者观念的展览会》、《回归的雕塑》等书，多次在世界各地举办大规模雕塑、绘画展，许多作品被国际国内学术机构及博物馆收藏陈列。熊秉明以深厚的中国传统文化作基础，吸收西方文化精华，创造出具有独特风格的艺术作品，其思想和论著对于建设现代中国的新文化意义重大。

中国书法

■ 林语堂

一切艺术的闷葫芦，都是气韵问题。是以欲期了解中国艺术，必自中国人所讲究的气韵或艺术灵感之源泉始。假定气韵是有世界的通性的，而中国人也未尝独占自然气韵的专利权，惟很可能的寻索出东西两方的感情强度的差异。上面论述理想中的女性时，已经指出，西洋艺术家一例地把女性人体当作完美韵律的最高理想的客体看待；而中国艺术家及艺术爱好者常以极端愉快的态度玩赏一只蜻蜓、一只青蛙、一头蚱蜢或一块峥嵘的怪石。是以依著者所见，西洋艺术的精神，好像是较为肉体的，较为含热情，更较为充盈于艺术家的自我意识的；而中国艺术的精神则较为清雅，较为谨饬，又较为与自然相调和。吾们可以引用尼采的说法而说中国艺术是爱美之神爱普罗的艺术，而西洋艺术乃为暴君但奥尼细阿斯的艺术。这样重大的差别，只有经由不同的理解力和韵律欣赏而来。一切艺术问题都是气韵问题，吾们可以说任何国家都是一样；也可以说直到目前，西洋艺术中的气韵还未能取得主宰之地位，而中国绘画则常能充分运用气韵的妙处。

所可异者此气韵的崇拜非起于绘画，而乃起于中国书法的成为一种艺术。这是一种不易理解的脾气，中国人往往以其愉悦之神态，欣赏一块寥寥数笔勾成的顽石，悬之壁际，早以观摩，夕以浏览，欣赏之而不厌。此种奇异的愉悦情绪，迫欧美人明隙了中国书法的艺术原则，便是容易了解的。是以中国书法的地位，很占重要，它是训练抽象的气韵与轮廓的基本艺术，吾们还可以说它供给中国人民以基本的审美观念，而中国人的学得线条美与轮廓美的基本意识，也是从书法而来。故谈论中国艺术而不懂书法及其艺术的灵感是不可能的。举例来说，中国建筑物的任何一种形式，不同其为牌楼，为庭园台榭，为庙宇，没有一种形式，它的和谐的意味与轮廓不是直接摄取自书法的某种形态的。

中国书法的地位是以在世界艺术史上确实无足与之匹敌者。因为中国书法所使用的工具为毛笔，而毛笔比之钢笔来得潇洒而机敏易感，故书法的艺术水准，足以并肩于绘画。中国人把"书画"并称，亦即充分认识此点，而以姊妹艺术视之。然则二者之间，其迎合人民所好之力孰为广溥，则无疑为书法之力。书法因是成为一种艺术，使有些人费绘画同样之精力，同等之热情，下工夫磨练，其被重视而认为值得传续，亦不亚于绘画。书法艺术家的身份，不是轻易所能取得，而大名家所成就的程度，其高深迥非常人所能企及，一如其他学术大师之造诣，中国大画家像董其昌、赵孟頫辈同时又为大书家，无足为异。赵孟頫为中国最著名书画家之一，他讲他自己的绘画山石，有如写书法中之"飞白"，而其绘画树木，有如书法中之篆体。绘画的笔法，其基本且肇端于书法的"永"字八法。苟能明乎此，则可知书法与绘画之秘发，系出同源。

据我看来，书法艺术表显出气韵与结构的最纯粹的原则，其与绘画之关系，亦如数学与工程学、天文学之关系。欣赏中国书法，意义存在于忘言之境，它的笔画，它的结构只有在不可言传的意境中体会其真味。在这种纯粹线条美与结构美的魔力的教养领悟中，中国人可有绝对自由以贯注全神于形式美而无庸顾及其内容。一幅绘画还得传达一个对象的物体，而精美的书法只传达它自身的结构与线条美。在这片绝对自由的园地上，各式各样的韵律的变化，与各种不同的结构形态都经尝试而有新的发现。中国之毛笔，具有传达韵律变动形式之特殊效能，而中国的字体，学理上是均衡的方形，但却用最奇特不整的笔姿组合起来，是以千变万化的结构布置，留待书家自己去决定创造。如是，中国文人从书法修炼中渐习的认识线条上之美质，像笔力、笔趣、蕴蓄、精密、遒劲、简洁、厚重、浓碟、谨严、洒脱；又认识结体上之美质，如长短错综、左右相让、疏密相间、计白当黑、条畅茂密、矫变飞动，有时甚至可由特意的萎颓与不整齐的姿态中显出美质。因是，书法艺术齐备了全部审美观念的条件，吾们可以认作中国人审美的基础意识。

书法艺术已具有近二千年的历史，而每一个作家都想尽力创造独具的结体与气韵上的新姿态。是在书法中，我们可以看出中国艺术精神的最精美之点。有几种姿态崇拜不规则的美，或不绝的取逆势却能保持平衡，他们的慧黠的手法使欧美人士惊异不止。此种形式在中国艺术别的园地上不易轻见，故尤觉别致。

书法不独替中国艺术奠下审美基础，它又代表所谓"性灵"的原理。

这个原理倘能充分了解而加以适当处理与应用，很容易收得有效的成果。上面说过，中国书法发现了一切气韵结体的可能的姿态，而他的发现系从自然界摄取的艺术的灵感，特殊是从树木鸟兽方面——一枝梅花，一条附着几片残叶的葡萄藤，一只跳跃的斑豹，猛虎的巨爪，麋鹿的捷足，骏马的劲力，熊黑的丛毛，白鹤的纤细，松枝的纠棱盘结，没有一种自然界的气韵形态未经中国书家收入笔底，形成一种特殊的风格者。中国文人能从一枝枯藤看出某种美的素质，因为一枝枯藤具有自在不经修饰的雅逸的风致，具有一种含弹性的劲力。它的尖端蜷曲而上绕，还点缀着疏落的几片残叶，毫无人工的雕琢的痕迹，却是位置再适当没有，中国文人接触了这样的景物，他把这种神韵融会于自己的书法中。他又可以从一棵松树看出美的素质，它的躯干劲挺而枝又转折下弯，显出一种不屈不挠的气脉，于是他这种气脉融会于他的书法风格中。吾们是以在书法里面有所谓"枯藤"、所谓"劲松倒折"等等名目以喻书体者。

有一个著名的高僧曾苦练书法，久而无所成就，有一次闲步于山径之间，适有两条大蛇，互相争斗，各自尽力紧挣其颈项，这股劲势显出一种外观似觉柔和纤缓而内面紧张的力。这位高僧看了这两条蛇的争斗，猛然如有所感悟，从一点灵悟上，他练成一种独有的书体，叫做"斗蛇"，乃系摹拟蛇颈的紧张纠曲的波动的。是以书法大师王羲之作笔势论，亦引用自然界之物象以喻书法之笔势：

划如列阵排云，挠如劲弩折节，点如高峰坠石，直如万岁枯藤，撇如足行之趋骤，捺如崩浪雷奔，侧钩如百钧弩发。

一个人只有清警而明察各种动物肢体的天生韵律与形态，才能懂得中国书法。每一种动物的躯体，都有其固有的和谐与美质。这和谐是直接产生自其行动的机能。一匹拖重载之马，它的丛毛的腿，和其硕大的躯干，同样具有美的轮廓，不亚于赛马场中一匹洁净的赛马的轮廓。这种和谐存在于敏捷纵跳的灵提猎犬的轮廓，也存在于蜷毛蒙戎的爱尔兰硬犬的轮廓。这种硬犬，它的头部和足端差不多形成方的构形——这样的形态奇异地呈现于中国书法中之钝角的隶书体（此体流行汉代，经清世邓石如之表扬而益见重于艺林）。

这些树木动物之所以为美，因为它们有一种对于波动的提示。试想一枝梅花的姿态，它是何等自在，何等天然的美丽，又何等艺术的不规律！清楚而艺术地懂得这一枝梅花的美，即为懂得中国艺术的性灵说的原理。这一枝梅花就令剥落了枝上的花朵，还是美丽的，因为它具有生气，它表现一种生长的活力。每一棵树的轮廓，表现一种发于有机的冲动的气韵，这种有机的冲动包含着求生的欲望，意求生长则向日光伸探，抵抗风的凌暴则维持干体均衡的推动力。任何树木都含有美感，因为它提示这些推动力，特别是准对一个方向的行动或准对一个物体的伸展。它从未有意地欲求美观，它不过欲求生活。但其结果却是完美的和谐与广大的满足。

就是自然也未曾故意的在其官能作用以外赋予猎犬以任何抽象的美质：那高而弓形的提犬的躯体，它的连结躯体与后腿的线条，是以敏捷为目的而构造的，它们是美的，因为它们提示敏捷性。而且从此和谐的机能功用现出和谐的形体。猫的行动之柔软，产生柔和的外观。甚至叭尔狗蹲踞的轮廓，有一种纯粹固有的力的美。这说明自然界范型的无限之丰富，这样范型常常是和谐，常常充溢着饱满的气韵而千变万化，永远不会馨尽他的形态。易辞以言之，自然界的美，是一种动力的美，不是静止的美。

此种动力的美，方为中国书法的秘奥关键。中国书法的美是动的，不是静止的，因为它表现生动的美，它具有生气，同时也千变万化无止境。一笔敏捷而稳定的一划之所以可爱因其敏捷而有力地一笔写成，因而具有行动之一惯性，不可摹仿，不可修改，因为任何修改，立刻可以看出其修改的痕迹，以其缺乏和谐。这是为什么书法这一种艺术是那么艰难。

把中国书法的美归诸性灵说的原理，并非著者私人的理想，可以从中国通常的譬喻来证明。他们把笔划用"骨、肉、筋"这些字眼来形容，虽其哲理的含意迄未自觉地公开，直到一个人想起要设法使欧美人明了书法的时候。晋时有位女书法家，世称卫夫人，王羲之尝师事之，她的论述书法这样说：

笔力者多骨，不善笔力者多肉。多骨微肉者谓之筋书。

多肉微骨者谓之墨猪。多力丰筋者圣，无力无筋者病。

波动的动力原理，结果产生结构上新的一种原理，为了解中国书法所不可不知者。仅仅平衡与匀称的美，从未被视为最高之风格。中国书法有一个原则，即一个四方形不宜为完全的四方形，却要此一面较他一面略高，左右相济，而两个平均的部分，其位置与大小也不宜恰恰相同。这个原则叫做"笔势"，它代表动力的美。其结果在这种艺术的最高范型中，吾们获得一种组织上的特殊形体，它的外表看似不平衡而却互相调剂，维持着平衡。这种动力的美，与静止的仅仅匀称的美，二者之间的差异等于一张照相照着一个人或立或坐取一个休息的姿态，与另一个速写的镜头，照着一个人正挥着他的高尔夫球棒，或照着一个足球健将，刚正把足球一脚踢出去的比较。又恰像一个镜头摄取一个姑娘自然地仰昂着脸蛋儿较胜于把脸蛋保持平衡的正面。是以中国书体，其顶头向一面斜倾者较之平顶者为可爱。这样结构形式的最好模范为魏碑《张猛龙碑》。它的字体常有莺凤腾空之势，但还是保持着平衡。如此风格，求之当代书家中，当推监察院长于右任的书品为最好模范。于院长的获有今日之地位，也半赖其书法的盛名。

现代的艺术为寻求韵律而试创结构上的型体，然至今尚无所获。它只能给予吾人一种印象，觉得他们是在力图逃遁现实。其最明显之特性为它的成效不足以慰藉我们的性灵，却适足以震扰我们的神经。职是之故，试先审察中国书法及其性灵说的原理，并赖此性灵说原理或气韵的活力，进而精细研习自然界之韵律，便有很大可能性。那些直线平面，圆锥形的广溥的应用，仅够刺激吾们，从未能赋予美的生气。可是此等平面，圆锥，直线及波浪形，好像已竭尽了现代艺术家的才智。何以不重返于自然？吾想几位西洋艺术家还得用番苦功，创始用毛笔来写英文字，苦苦练他十年，然后假使他的天才不差，或能真实明了胜灵的原理，他将有能力写写泰晤士大街上的招牌字，而其线条与形态，值得称为艺术了。

选自《吾国与吾民》，陕西师范大学出版社，2002 年版。

中国诗文与中国园林艺术

■ 陈从周

中国园林，名之为"文人园"。它是饶有书卷气的园林艺术。北京香山饭店，是贝聿铭先生的匠心。因为建筑与园林结合得好，人们称之为有"书卷气的高雅建筑"，我则首先誉之为"雅洁明净，得清新之致"，两者意思是相同的。足证历代谈中国园林总离不了中国诗文。而画呢？也是以南宗的文人画为蓝本。所谓"诗中有画，画中有诗"，归根到底脱不开诗文一事。这就是中国造园的主导思想。

南北朝以后，士大夫寄情山水，啸傲烟霞，避嚣烦，寄情赏，既见之于行动，又出之以诗文。园林之筑，应时而生。续以隋唐、两宋、元，直至明清，皆一脉相承。白居易之筑堂庐山，名文传诵。李格非之记洛阳名园，华藻吐纳。故园之筑出于文思。园之存，赖文以传。相辅相成，互为促进，园实文，文实园，两者无二致也。

造园看主人。即园林水平高低，反映了园主之文化水平。自来文人画家颇多名园，因立意构思出于诗文。除了园主本身之外，造园必有清客。所谓清客，其类不一，有文人、画家、笛师、曲师、山师，等等。他们相互讨论，相机献谋，为主人共商造园。不但如此，在建成以后，文酒之会，畅聚名流，赋诗品园，还有所拆改。明末张南垣，为王时敏造"乐郊园"，改作者再四。于此可得名园之成，非成于一次也。尤其在晚明更为突出。我曾经说过那时的诗文、书画、戏曲，同是一种思想感情，用不同形式表现而已。思想感情指的主导是什么？一般是指士大夫思想，而士大夫可说皆为文人，敏诗善文，擅画能歌，其所造园无不出之同一意识，以雅为其主要表现手法了。园寓诗文，复再藻饰，有额有联，配以园记题咏，园与诗文合二为一。所以每当人进入中国园林，便有诗情画意之感。如果游者文化修养高，必然能吟出几句好诗来，画家也能画上几笔明清逸之笔的园景来。这些我想是每一个游者所必然产生的情景，而其产生之由就是这个道理。

汤显祖所为《牡丹亭》而"游园"、"拾画"诸折，不仅是戏曲，而且是园林文学，又是教人怎样领会中国园林的精神实质。"遍青山啼红了杜鹃，那荼蘼外烟丝醉软"，"朝日暮卷，云霞翠轩，雨丝风片，烟波画船"。其兴游移情之处真曲尽其妙。是情钟于园，而园必写情也，文以情生，园固相同也。

清代钱泳在《履园丛话》中说："造园如作诗文，必使曲折有法，前后呼应。最忌堆砌，最忌错杂，方称佳构。"一言道破，造园与作诗文无异，从诗文中可悟造园法，而园林又能兴游以成诗文。诗文与造园同样要通过构思，所以我说造园一名构园。这其中还是要能表达意境。中国美学，首重意境，同一意境可以不同形式之艺术手法出之。诗有诗境，词有词境，曲有曲境，画有画境，音乐有音乐境，而造园之高明者，运文学绘画音乐诸境。能以山水花木，池馆亭台组合出之。人临其境，有诗有画，各臻其妙。故"虽由人作，宛自天开"。中国园林，能在世界上独树一帜者，实以诗文造园也。

诗文言空灵，造园忌堆砌。故"叶上初阳干宿雨，水面清圆风荷举"。言园景虚胜实，论文学亦极尽空灵。中国园林能于有形之景兴无限之情，反过来又生不尽之景，恍筹交错，迷离难分，情景交融的中国造园手法。《文心雕龙》所谓"为情而造文"，我说为情而造景。情能生文，亦能生景。其源一也。

诗文兴情以造园。园成则必有书斋、吟馆，名为园林，实作读书吟赏挥毫之所。故苏州网师园有看松读画轩，留园有汲古得绠处，绍兴有青藤书屋等。此有名可征者。还有额虽未名，但实际功能与有额者相同。所以园林雅集文酒之会，成为中国游园的一种特殊方式。历史上的清代北京怡园与南京随园的雅集盛况后人传为佳话，留下了不少名篇。至于游者漫兴之作，那真太多了，随园以投赠之诗，张贴而成诗廊。

读晚明文学小品，宛如游园。而且有许多文字真不啻造园法也。这些文人往往家有名园，或参予园事，所以从明中叶后直到清初，在这段时间中，文人园可说是最发达，水平也高，名家辈出。计成《园冶》，总结反映了这时期的造园思想与造园法，而文则以典雅骈骊出之。我怀疑其书必经文人润色过，所以非仅仅匠家之书。继起者李渔《一家言·居室器·玩部》，亦典雅行文。李本文学戏曲家也。文震亨《长物志》更不用说了，文家是以书画诗文传世的，且家有名园，苏州艺圃至今犹存。至于园林记必出文人之手，抒景绘情，增色泉石。而园中匾额起点景作用，几尽人皆知的了。

中国园林必置顾曲之处，临水池馆则为其地。苏州拙政园卅六鸳鸯馆、网师园濯缨水阁尽人皆知者。当时俞振飞先生与其尊人粟庐老人客张氏补园，（补园为今拙政园西部），与吴中曲友顾曲于此，小演于此，曲与园境合而情契，故俞先生之戏具书卷气，其功力实得之文学与园林深也。其尊人墨迹属题于我，知我解意也。

造园言"得体"，此二字得假借于文学。文贵有体，园亦如是。"得体"二字，行文与构园消息相通。因此我曾以宋词喻苏州诸园：网师园如晏小山词，清新不落套；留园如吴梦窗词，七层楼台，拆下不成片段；而拙政园中部，空灵处如闲云野鹤去来无踪，则姜白石之流了；沧浪亭有若宋诗；恰园仿佛清词，皆能从其境界中揣摩得之。设造园者无诗文基础，则人之灵感又自何来。文体不能混杂，诗词歌赋各据不同情感而成之，决不能以小令引慢为长歌。何种感情，何种内容，成何种文体，皆有其独立性。故郊园、市园、平地园、小麓园，各有其体。亭台楼阁，安排布局，皆须恰如其分。能做到这一点，起码如做文章一样，不讥为"不成体统"了。

总之，中国园林与中国文学，盘根错节，难分难离。我认为研究中国园林，应先从中国诗文入手。则必求其本，先究其源，然后有许多问题可迎刃而解，如果就园论园，则所解不深。姑提这样肤浅的看法，希望海内外专家将有所指正与教我也。

选自《陈从周讲园林》，湖南大学出版社，2009 年版。

▶ ［作者简介］

陈从周（1918—2000），浙江杭州人，原名郁文，晚年别号梓室，自称梓翁。古建筑园林艺术专家，擅长文、史，兼工诗词、绘画。

陈从周是将中国园林艺术推向世界之现代第一人。生前在同济大学建筑系任教近50年，毕生致力于保护和弘扬中国古建筑尤其是园林建筑文化，成果瞩目。由美国著名建筑学家贝聿铭先生提议，同济大学建筑与城市规划学院设立了陈从周教育奖励基金，每年奖励优秀的教师和学生，以纪念和弘扬陈从周先生的道德风范。

陈从周还是一位知名的散文作家和画家，是张大千先生的入室弟子。30岁时，在上海开办个人画展，以"一丝柳，一寸柔情"，蜚声海上画坛。随后出版《陈从周画集》，张大千慨然为之题签。1978年冬，他应邀为美国纽约大都会博物馆设计"明轩"，贝聿铭雅嘱他写就长卷水墨丹青《名园青霄图卷》，复请国内文化耆宿、书法名家题咏，现存纽约贝氏园，成为一件极为珍贵的书画名品。作为散文作家，出版过《书带集》《春苔集》《帘青集》《随宜集》《世缘集》，以及40余万字的《梓室余墨》等散文作品。

彩陶的纹饰

■ 李泽厚

　　仰韶半坡彩陶的特点，是动物形象和动物纹样多，其中尤以鱼纹最普遍，有十余种。据闻一多《说鱼》，鱼在中国语言中具有生殖繁盛的祝福含义。但闻一多最早也只说到《诗经》、《周易》。那么，我们是否可以把它进一步追溯到这些仰韶彩陶呢？像仰韶期半坡彩陶屡见的多种鱼纹和含鱼人面，它们的巫术礼仪含义是否就在对氏族子孙"瓜瓞绵绵"长久不绝的祝福？人类自身的生产和扩大再生产即种的繁殖，是远古原始社会发展的决定性因素，血族关系是当时最为重要的社会结构，中国终于成为世界上人口最多的国家，汉民族终于成为世界第一大民族，是否可以追溯到这几千年前具有祝福意义的巫术符号？此外，《山海经》说，"蛇乃化为鱼"，汉代墓葬壁画中就保留有蛇鱼混合形的怪物……那么，仰韶的这些鱼、人面含鱼，与前述的龙蛇、人首蛇身是否有某种关系？是些什么关系？此外，这些彩陶中的鸟的形象与前述文献中的"凤"是否也有关系？……凡此种种，都有待进一步的研究探索，这里只是提出一些猜测罢了。

　　社会在发展，陶器造型和纹样也在继续变化。和全世界各民族完全一致，占居新时器时代陶器纹饰走廊的，并非动物纹样，而是抽象的几何纹，即各式各样的曲线、直线、水纹、漩涡纹、三角形、锯齿纹种种。关于这些几何纹的起因和来源，至今仍是世界艺术史之谜，意见和争论很多。……下面一种看法似更深刻和正确：更多的几何形图案是同古越族蛇图腾的崇拜有关，如漩涡纹似蛇的盘曲状，水波纹似蛇的爬行状，等等。

　　其实，仰韶、马家窑的某些几何纹样已比较清晰地表明，它们是由动物形象的写实而逐渐变为抽象化、符号化的。由再现（模拟）到表现（抽象化），由写实到符号化，这正是一个由内容到形式的积淀过程，也正是美作为"有意味的形式"的原始形成过程。即是说，在后世看来似乎只是"美观"、"装饰"而并无具体含义和内容的抽象几何纹样，其实在当年却是有着非常重要的内容和含义，即具有严重的原始巫术礼仪的图腾含义的。似乎是"纯"形式的几何纹样，在原始人们的感受却远不只是均衡对称的形式快感，而具有复杂的观念、想象的意义在内。巫术礼仪的图腾形象逐渐简化和抽象化成为纯形式的几何图案（符号），它的原始图腾含义不但没有消失，并且由于几何纹饰经

常比动物形象更多地布满器身，这种含义反而更加强了。可见，抽象几何纹饰并非某种形式美，而是，抽象形式中有内容，感官感受中有观念。如前所说，这正是美和审美在对象和主体两方面的共同特点。这个共同特点便是积淀：内容积淀为形式、想象，观念积淀为感受。这个由动物形象而符号化演变为抽象几何纹的积淀过程，对艺术史和审美意识史是一个非常关键的问题。下面是一些考古学家对这个过程的某些事实描述：

有很多线索可以说明这种几何图案花纹是由鱼形的图案演变来的……一个简单的规律，即头部形状越简单，鱼体越趋向图案化。相反方向的鱼纹融合而成的图案花纹，体部变化较复杂，相同方向压叠融合的鱼纹，则较简单。有如图一、图二、图三。

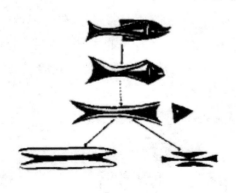

图一

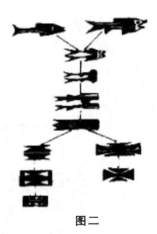

图二

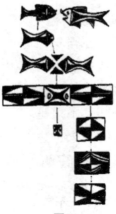

图三

鸟纹图案是从写实到写意（表现鸟的几种不同动态）到象征，犹如图四。

图四

主要的几何形图案花纹可能是由动物图案演化而来的。有代表性的几何纹饰可分成两类：螺旋形纹饰是由鸟纹变化而来的，波浪形的曲线纹和垂幛纹是由蛙纹演变而来的。……这两类几何纹饰划分得这样清楚，大概是当时不同氏族部落的图腾标志。有如图五、图六。

图五　　　　　　　　　　　　**图六**

在原始社会时期，陶器纹饰不单是装饰艺术，而且也是族的共同体在物质文化上的一种表现。……彩陶纹饰是一定的人们共同体的标志，它在绝大多数场合下是作为氏族图腾或其他崇拜的标志而存在的。

根据我们的分析，半坡彩陶的几何形花纹是由鱼纹变化而来的，庙底沟彩陶的几何形花纹是由鸟纹演变而来的，所以前者是单纯的直线，后者是起伏的曲线……

如果彩陶花纹确是族的图腾标志，或者是具有特殊意义的符号……仰韶文化的半坡类型与庙底沟类型分别属于以鱼和鸟为图腾的不同部落氏族，马家窑文化属于分别以鸟和蛙为图腾的两个氏族部落……

把半坡期到庙底沟期再到马家窑期的蛙纹和鸟纹联系起来看，很清楚地存在着因袭相承、依次演化的脉络。开始是写实的、生动的、形象多样化的，后来都逐步走向图案化、格律化、规范化，而蛙、鸟两种母题并出这一点则是始终如一的。

鸟纹经过一个时期的发展，到马家窑期即已开始漩涡纹化。而半山期漩涡纹和马厂期的大圆圈纹，形象模拟太阳，可称之为拟日纹，当是马家窑类型的漩涡纹的继续发展。可见鸟纹同拟日纹本来是有联系的。

在我国古代的神话传说中，有许多关于鸟和蛙的故事，其中许多可能和图腾崇拜有关。后来，鸟的形象逐渐演变为代表太阳的金乌，蛙的形象则逐渐演变为代表月亮的蟾蜍……这就是说，从半坡期、庙底沟期到马家窑期的鸟纹和蛙纹，以及从半山期、马厂期到齐家文化和四坝文化的拟蛙纹，半山期和马厂期的拟日纹，可能都是太阳神和月亮神的崇拜在彩陶花纹上的体现。这一对彩陶纹饰的母题之所以能够延续如此之久，本身就说明它不是偶然的现象，而是与一个民族的信仰和传统观念相联系的。有如图七。

	蛙纹	鸟纹		拟蛙纹	拟日纹
半坡期			半山期		
庙底沟期			马厂期		
马家窑期			齐家文化 四坝文化		
			汉墓帛画		

图七

陶器纹饰的演化是一个非常复杂而困难的科学问题，尚需深入探索。但尽管上述具体演变过程、顺序、意义不一定都准确可靠，尽管仍带有很大的推测猜想的成分和甚至错误的具体结论，但是，由写实的、生动的、多样化的动物形象演化成抽象的、符号的、规范化的几何纹饰这一总的趋向和规律，作为科学假说，似有成立的足够根据。同时，这些从动物形象到几何图案的陶器纹饰并不是纯形式的"装饰"、"审美"，而具有氏族图腾的神圣含义，似也可成立。

选自《美的历程》，生活·读书·新知三联书店，2009 版。

▶ ［作者简介］

李泽厚，生于 1930 年，中国社会科学院研究员，教授，主要从事中国近代思想史和哲学、美学研究。著有《批判哲学的批判——康德述评》《中国思想史论》《中国美学史》《美的历程》《华夏美学》《美学四讲》等书。

月朦胧，鸟朦胧，帘卷海棠红

■ 朱自清

这是一张尺多宽的小小的横幅，马孟容君画的。上方的左角，斜着一卷绿色的帘子，稀疏而长；当纸的直处三分之一，横处三分之二。帘子中央，着一黄色的，茶壶嘴似的钩儿枣就是所谓软金钩么？"钩弯"垂着双穗，石青色；丝缕微乱，若小曳于清风中。纸右一圆月，淡淡的青光遍满纸上；月的纯净，柔软与平和，如一张睡美人的脸。从帘的上端向右斜伸而下，是一枝交缠的海棠花。花叶扶疏，上下错落着，共有五丛；或散或密，都铃珑有致。叶嫩绿色，仿佛掐得出水似的；在月光中掩映着，微微有浅深之别。花正盛开，红艳欲流；黄色的雄蕊历历的，闪闪的。衬托在丛绿之间，格外觉着妖娆了。枝敧斜而腾挪，如少女的一只臂膊。枝上歇着一对黑色的八哥，背着月光，向着帘里。一只歇得高些，小小的眼儿半睁半闭的，似乎在入梦之前，还有所留恋似的。那低些的一只别过脸来对着这一只，已缩着颈儿睡了。帘下是空空的，不着一些痕迹。

试想在圆月朦胧之夜，海棠是这样的妩媚而嫣润；枝头的好鸟为什么却双栖而各梦呢？在这夜深人静的当儿，那高踞着的一只八哥儿，又为何尽撑着眼皮儿不肯睡去呢？他到底等什么来着？舍不得那淡淡的月儿么？舍不得那疏疏的帘儿么？不，不，不，您得到帘下去找，您得向帘中去找枣您该找着那卷帘人了？他的情韵风怀，原是这样这样的哟！朦胧的岂独月呢；岂独鸟呢？但是，咫尺天涯，教我如何耐得？我拼着千呼万唤；你能够出来么？

这页画布局那样经济，设色那样柔活，故精彩足以动人。虽是区区尺幅，而情韵之厚，已足沦肌浃髓而有余。我看了这画，瞿然而惊；留恋之怀，不能自已。故将所感受的印象细细写出，以志这一段因缘。但我于中西的画都是门外汉，所说的话不免为内行所笑。

——那也只好由他了。

选自《朱自清经典作品集》，当代世界出版社，2002 年版。

▶ ［作者简介］

朱自清（1898—1948），原名自华，号秋实，后改名自清，字佩弦。原籍浙江绍兴，出生于江苏省东海县（今连云港市东海县平明镇）。现代杰出的散文家、诗人、学者、民主战士。代表作品有《背影》《你我》《荷塘月色》《绿》《欧游杂记》《伦敦杂记》《生命的价格——七毛钱》《白种人——上帝的骄子》等。

梵高的坟茔

■ 范 曾

冬天来到了巴黎，寒风料峭，木叶尽脱。洗尽铅华后的巴黎，少了点艳丽，多了些庄严，顺着塞纳河西北行，更是一片冬天的萧瑟。我们驱车向瓦兹河上的欧维尔城疾驰，去瞻仰我心灵深处的艺术殉道者梵高的遗踪。

欧维尔实际上是一座距巴黎三十五公里的小镇，镇上惟一的萨都（大宅院之音译），是昔日贵胄的宅邸，阔大而巍峨。在萨都的平台上远望，乎林漠漠，轻雾朦胧，只有闪光的瓦兹河不舍昼夜地流淌。一百年前这儿还是淳朴的村庄，生活状貌和巴黎大异其趣。那时巴黎开始有了地下铁路，马路上驰行着方头笨脑的汽车，而辚辚马车声依旧在巴黎唤醒昔日的梦境。那儿有的是智慧深邃的贤哲、风华婉转的艺人，美女们在宴会中、沙龙里光艳照座，鲜花在园圃中、市肆卜幽香袭人。那是一个充满了智慧、豪情和诗意，也充满了虚荣、狡黠和鄙俗的社会。巴黎的艺术家们风云际会，大展身手，其中佼佼者，浮动在社会视线之上，成为熠熠生辉的明星。然而造物不公，它造就了一些更卓绝的天才，却不相应地造就能欣赏他的观众。要等到这些天才死了很多年后，评论家才像天文学家发现新星一样仰望他、赞叹他。梵高，这位荷兰籍的天生奇才一百年前来到法兰西后，等待他的是贫困和饥饿，他背着简陋的画具和破旧的行囊，远离这座他同样迷恋的巴黎城。我们来到了镇上的一间小客栈，这儿便是梵高生命最后一段时间的居停。楼下是饭厅，楼上有两间客房，一间六平方米，没有窗户，只有大可盈尺的一扇天窗，也没有壁柜，阴暗而潮湿，住着绝境中的梵高。隔壁一间八平方米，稍显宽敞，有一扇窗户，还有一个壁橱，住着穷困的荷兰画家歇尔启格，今天他已以自己卓越的才华载入青史，然而他当时同样被社会所忘却。梵高的屋中只能放置一张小床和一张破椅，他根本无法在室内作画。于是苍苍穹庐、恢恢大地便是他的画室。没有钱雇模特儿，他只好对着镜子一而再、再而三地画自画像。客栈的主人有着乡下人的朴厚，梵高每天花三块五角法郎便可食宿，梵高为人质实和蔼，加上法国人自古以来普遍的对艺术家的垂青，梵高和店主关系似乎很和睦，甚至店主十三岁的女儿阿德丽娜三次给梵高当模特儿。1954 年她还以高龄健在，她回忆道："文生先生（梵高的名字）只在中午回来吃一餐饭，十分简单，绝不点菜，我们都很敬重他。"

在欧维尔，梵高留下了他最后的杰作之一：《欧维尔教堂》。教堂外边竖着一块牌子，挂着这幅画的复制品，精通法文的杨起先生告诉我，这上面有诗人题句："于大师杰构中，请君深悟梵高生前心灵最后一字——上帝。"在欧维尔，至爱的友人高更因误会，与他大吵一次离去，从此音书顿杳，留下的是寂寞、困顿和社会对他的冷漠。梵高一生卖不出一张画，即使当时在巴黎已渐渐成气候的雷诺阿、莫奈、莫利索的拍卖会，也累遭败绩，引起了一阵阵布尔乔亚们的嘲笑、评论家的诟骂。人们根本不知道梵高，也就是他连被人嘲笑和诟骂的资格也没有。在人生的道路上没有比被弃置不顾、被彻底忘却更痛苦的了，那是冰冷阴湿的黑夜、是狭窄深陷的冰窖，那是与死比邻的生。梵高爱叼烟斗，抽的是粗劣廉价的烟草，他曾在一张画上描写了一个最粗糙的木椅，在破烂的藤座上放着他的烟斗和一张纸包的些许的烟草，它似乎向我们唱出了一首凄凉的身世之歌，一如这烟斗中袅袅的轻烟在人间消失，无影无踪。

一个伟大的天才，当他无法知道自己的艺术具有无限的生命，会永恒地受人热爱的时候，形骸之暂寓人世，那是毫无意义的。艺术既不能提供面包，那就让需要面包的艺术家速朽，而自裁便是最简捷的方式。梵高拿起了手枪，走到萨都的草坪，向心窝射了一枪，他在华贵的建筑前对这不平的社会用生命做一次壮烈的抗议。然而他没有倒下，一路流淌着鲜血回到他的卧室，他呻吟流泪，无法说话，只有一声声悲惨的呻吟。据说天鹅之死都选择朝暾初上的清晨，它如泣如诉、如怨如慕地吟哦，向自己曾用美奂的羽翼装点的自然告别。而梵高，这一百年后将用他无量光焰烛照浑浊世界的伟大天才，他弥留之际的歌却这般凄厉惨烈。他死在深爱他的弟弟德奥的怀抱中。梵高一生寡于交游，在他遗体旁的只有他的好朋友、穷苦的医生加歇和画家歇尔启格。神父拒绝为自杀者作弥撒，甚至教堂不给灵车送葬，只有在附近的梅里小镇借来一辆破旧的灵车将梵高遗体送到墓地。他的弟弟德奥为了慰藉他的对艺术以生命与之的兄长，曾和另一位朋友合伙仅仅以几十法郎买过梵高一张画，然而今天这一点点光明和温馨也深埋在梵高的心灵，深埋在这最简单的坟茔之中了。梵高生前曾有一封信致他亲爱的弟弟，信中说："我相信终有一天，我有办法在一家咖啡馆办一次画展。"今天，所有的雄伟壮丽的画馆，无论奥赛博物馆或大皇宫，都以一展梵高的杰作为荣，荷兰和法兰西都争称梵高是她的儿子，在巴黎和阿姆斯特丹都巍然耸立着他的纪念馆，而一百年前，梵高的理想却是在咖啡馆一悬他的心迹。印度诗圣泰戈尔说："一个人大为谦卑的时候，就是他接近伟大的时候。"这种"谦卑"，倘若仅是知其当为而为之，那就近乎矫情，而梵高的谦卑来源于他的天真和懵懂，他完全不知道驻于他质朴灵魂深处的不朽天才，胜过了英国女王皇冠上的钻石，梵高只是画着画着，热烈地不倦地画着，那是他灵智的本能，而是否是天才无关宏旨，他不会像毕加索每天清晨懒洋洋地睁开倦眼问妻子："我是天才吗？我有天才吗？"

梵高过着清白无瑕的生活，他没有金钱的刺激、没有女人的诱惑、没有鲜花的慰藉。正如罗曼·罗兰说："清贫，不仅是思想的导师，也是风格的导师，他使精神和肉体都知道什么是澹泊。"澹泊者，明于心而淡于欲、清于志而寡于营也。当罗丹命丰腴清丽的裸女模特儿们在画室翩然起舞，当莫提格里昂尼面对着妩媚而慵懒的美女，在画面上把她们的脸"令人愉快地拉长"时，梵高在哪里？他正对着一片平常的农田、一张破旧的靠椅、一双踏遍人间含辛茹苦的皮鞋，画这些巴黎的大师们不屑一顾的事物。然而我不知道有哪一位画家能像梵高画得那么动情、那么执著、那么令人神往，这就是天才之所以为天才的原因。看他画的所有自画像，那眼神没有一幅不咄咄逼人，那其中闪现的光芒有坚毅、有不平、有尊严，充满了对人生的批判和对自己命运的抗争。梵高在美术史上的出现确实是一个奇迹。作为一个东方艺术家，我欣赏他是因为他手法的神奇、色彩的高妙、构图的超绝。梵高远离了传统审美的藩篱，以所向无空阔的气势和才力俯瞰当代、睥睨千秋，从而一扫艺术界的平庸浅薄和乡愿惰性。他有着崭新的惊世骇俗的、前所未有的艺术感觉，有着战栗着的、流动着的、闪耀着的绚烂光彩。这种画风一旦问世，美术史就必须重写，色彩学甚至美学就必须修正，这正是梵高撒向人间的一个永恒的、不易解的谜。

本世纪三十年代西方某些评论家不能容忍梵高的离经背道，认为他的画只是神经不健全的产物，殊不知他们自己的神经正因作茧自缚而日见脆弱，受不了新事物出现的震动。这些评论家大体不是胃口欠佳，怪食品不好，便是属于信守狭隘，见过驼背恨马背不肿。再过半世纪的今天，一些对艺术全然无知的神经病学者声称梵高的天才之谜在研究痴呆病患者中找到答案，说什么"这种人尽管可能永远不懂艺术这个词的含义，却能展现艺术才华"。有了这样的伪科学结论之后，他们还不甘心，梵高死后这么多年，他们在没有任何实证和临床记录条件下断言梵高患有癫痫病、精神分裂症、躁狂抑郁病，甚至还有口射病等多种病症，一位可恨的日本耳科专家断定梵高可能有梅尼埃尔氏病……喂！你们这群蝉蛄般嘹噪的科学家们烦不烦人？你们懂艺术吗？你们饶了梵高行不行？他生前很清醒，对艺术忠诚而痴迷，为人和蔼厚道，对友情很挚着，对弟弟、母亲很关切。"文生先生"在他客栈主人女儿阿德丽娜的眼中有一点点痴呆的痕迹吗？一位如此不朽的、质朴的艺术天才，生前备尝人间的辛酸，死后蒙受如此不逊的、披着科学外衣的诟辱，实在使人愤怒。当然，不排除艺术界中笨蛋太多，而小有才情者又装痴卖乖，很容易使人们把美术史上简单的问题弄得复杂化。

梵高不懂得"艺术"这个词的含义吗？他太懂了，他爱米勒，甚至临摹米勒的画，米勒是他的偶像，这是由于他质实无华的心灵和米勒相通，梵高与米勒素昧平生，梵高只能遥远地膜拜他。梵高的天真在于他不知道自己的艺术秉赋不但与米勒不同，而风发的才情更在米勒之上。我们可以认为梵高属于老子所谓的大智若愚的类型，他不太清楚自己的天才，那是由于艺术界汪洋大海般的平庸在压抑着他，于是他干脆不认为自己是天才。这是一幅多么令人心酸、令人恻隐、令人悲痛的情景，又是一种多么令人羡艳、令人神往、令人敬仰的品格。谈到这一切之后，我们回过头再看他所画粗陶或大瓷杯中插的野地摘来的向日葵和蓝色野花，那向日葵像燃烧的一把火，那金黄色的花瓣临风摇曳，那一朵朵葵花或相向喁喁而谈，或低头若有所思，画面空间的分布无与伦比的精审。梵高的激情不是一匹脱缰之马，只是他的马术高明，即使烈如焰火的骏骧，他也能立马歌啸。这些作品不仅充盈着天地的元气，甚或可以说是神灵赋予梵高超人的表现力，那岂仅仅是梵高依物描像，那是他在倾诉爱情，爱情就是艺术家的神灵。人们隐隐地知道毕加索风格的每一次突变，后面都有一个女人使他迷了心窍，那是一种真实的痴迷。而梵高却没有这样的艳遇和幸运，但是他的情人却在大地的草木盛衰中，天穹的日星隐耀中。啊！他爱得多么纯净而雅洁，他画自己慈爱的母亲，看那欲展又蹙的眉宇、那莹然含泪的双眸、那慈祥和蔼的嘴唇。梵高所歌颂的是人间最可珍惜的母爱，他知道普天下只有这颗心里贮藏着他和他的弟弟德奥。在梵高死前一年，他画了一张世称《没有胡须的梵高》的杰作，那是为了祝贺他母亲七十岁的生日，梵高记着这一天，为了他和弟弟德奥，她受苦受难却甘之如饴。他自画这张像给母亲，类似中国的平安家信，告诉母亲，他的生活处境不似想象的恶劣，而且精神正常，不像传说中的癫狂。我相信当他饮弹未倒的那天，他觉得这一次的冲动将撕碎慈母之心而最终使他离开人间，我也相信，他所钟爱的一切之中只有一件使他歉疚，那就是他没有钱去侍奉老母，反而以结束自己的生命，带给母亲永远无法慰藉的悲痛。

当今天这幅《没有胡须的梵高》在克甲斯蒂拍卖行被那些富商人贾竞相投标、最后以七千一百五十万美元卖出时，举世震惊、欢声雷动。而这一切和寂寞痛苦的梵高毫不相干，对此，我只想一挥作为一个艺术家的悲怆之泪。

古往今来的画家，车载斗量，可谓恒河沙数，不可胜计，然而可大分为三：第一类画社会认为最好的画；第二类画自己所认为最好的画；第三类则是置好坏于度外，被冥顽不朽的力量驱动着画笔作画。第一类人终身勤于斯而不闻道；第二类人则"朝闻道夕死可矣"；第三类则如《庄子》书中的啮缺与道合而为一，其人"若天之自高，地之自厚，日月之自明"。他的艺术就是天然本真的生命，世俗形骸消亡之日，正是他的艺术走向永恒之时。我们来到梵高的坟茔，它坐落在一所极平凡的公墓里，梵高和他心爱的弟弟德奥合葬，两块墓碑，方身圆顶，没有任何纹饰，没有花岗岩的墓室，碑前只是一抔黄土，覆盖着长青的蕃藤，比起公墓的所有墓室都寒酸而简陋。没有比冬天于公墓凭吊更使人凄恻的了，然而梵高墓上的碧草却在刺骨寒风中颤动着不屈的生命。堪告慰于九泉梵高之灵的，不是拍卖场的呼啸，而是一束束的鲜花，放在坟茔的四周。一位英国无名的旅游者在一张小纸上画着欧维尔教堂和梵高的像，他写道："感谢您对绘画的挚爱，您的画使我有勇气走向完美的人生。"而一位儿童献上的是一束麦穗和几朵野花，他知道梵高生前酷爱这里的麦田和野草闲花，正是这些平凡的事物，点燃着梵高热烈的、不熄的艺术之火。公墓寂然无声，所有的体面的、稍微精致的坟茔前都空无一物，这不禁使我想起鲁迅先生的《坟》，总有一些人是不会被人们忘却的。

选自《范曾谈艺录》，中国青年出版社，2007年版。

▶ ［作者简介］

范曾，出生于1938年，字十翼，别署抱冲斋主，江苏南通人，中国当代画家、书法家。现为南开大学历史学院博士生导师、文学院博士生导师、终身教授，中国艺术研究院研究员、博士生导师。出版有画集、书法集、诗集、散文集、艺术论、演讲集等百余种。

［思考与练习］

1. 美术作为艺术的一部分，请分析一下美术包括哪些内容？

2. 请找一幅画，写一篇画评。

3. 书法和诗文有什么样的联系，请试分析。

4. 课下阅读李泽厚《美的历程》，看能得到哪些不一样的感受。

第四单元

乐音

YUEYIN QUGE

曲歌

追寻那遥远的美丽

■ 梁　衡

　　快 20 年了，总有一个强烈的向往，到青海去一趟，这不只是因为小学地理上就学到的柴达木、青海湖的神秘，也不只是因为近年来西北开发的热闹。另有一个埋藏于心底的秘密，是因为一首歌，那首《在那遥远的地方》，还有它的作者，像一个幽灵似的王洛宾。

　　大概是上天有意折磨，我几乎走遍了神州的每一个省，每一处名山大川，就是青海远不可及，机不可得。直到今年夏末，才有缘去朝圣。当汽车翻过日月山口的一霎间，我像一条终于跳过龙门的鲤鱼，像一个千磨万难之后到达西天的唐僧。日月山口是当年藏王亲迎文成公主的地方。山下是一马平川，绿草如茵，起起伏伏地一直漫到天边，我不由想起了"天似穹庐，笼盖四野"的古老民歌。远处有一汪明亮的水，那就是青海湖，是配来映照这蓝天白云的镜子。我们的车像撒欢的马驹，追着天边的云朵，路边闪过金色的彩带，那是一片片正在开花的油菜。微风掠过草面，送来一阵远古的苍茫。那首歌就诞生在这里，青海湖边这片被称为金银滩的草原。

　　这里的草不像新疆的草场那样高大茂密，也不像内蒙古的草场那样在风沙中透出顽强，它细密而柔软，蜷伏在地上，如毯如毡，将大地包裹得密密实实，不见黄沙不见土，除了水就是浓浓的绿。而这绿底子上又不时钻出一束束金色的柴胡和白绒绒的香茅草，远望金银相错，如繁星在空。这就是金银滩的由来。草地上虫草、人参果、秦艽等中药材随处可见。牛羊漫过天边，帐篷旁闪过姑娘的彩裙，牧人悠然挥鞭带着他的歌声翻过山梁。老鹰发现了什么在低空一圈圈地盘旋。这真是金银一般的草场。当年 26 岁的王洛宾云游到这里，只因那个 17 岁的卓玛姑娘用鞭子轻轻地抽了他一下，含羞拍马远去，他就痴望着天边那一团火苗似的红裙，脑际闪过一个美丽的旋律——在那遥远的地方。

　　天才之作总是合天时地利之灵气，妙手偶得。如王羲之的《兰亭序》，如罗丹的《思想者》。据说《蓝色多瑙河》是约翰·斯特劳斯在餐桌上灵感一来，随手写在袖口上的，还差一点被妻子洗掉。卓玛确有其人，是一个牧主的女儿。当时王洛宾在草原上采风，无意间捕捉到这个美丽的倩影，这情影绕心三日，挥之不去，终于幻化为一首美丽的歌，就永远定格在世界文化史上。试想，王洛宾生活在大都市北平，走过全国许多地方，天下何处无美人，何独于此生灵感？是这绿油油的草，草地上的金花银花，草香花香，还有这湖水，这牧歌，这山风，这牛羊，万种风物万般情全在美人一鞭中。卓玛一辈子也没有想到她那轻轻的一鞭会抽出一首世界名曲。

当后人听着这首歌时，总想为它注释一个具体的爱情故事，殊不知这里不但没有具体的爱，就是在作者的实际生活中也永没有找到过歌唱着的甜蜜。王洛宾好像生来就负有一种使命，总是去追寻美丽，美丽的旋律，美丽的女人，还有美丽的情感。庖丁解牛，只见其理而不见其牛；利令智昏，只见物，而不知物边还有人。王洛宾是美令智昏，乐令智昏，他认为生活甚至生命就是美丽的音乐。他一入社会就直取美的内核，而不知这核外还有许多坚硬的甚至丑陋的外壳。所以他一生屡屡受挫，他活了八十多岁，有3年是坐国民党的监狱，有15年坐共产党的监狱，又有15年的时间是被控制使用，直到1982年69岁时，才正式平反，恢复正常人的生活，1992年79岁时，中央电视台首次向社会介绍他的作品。这时，全社会才知道那许多传唱了半个世纪的名曲原来都是出自这个白胡子老头儿。国内许多媒体，还有香港、新加坡纷纷为他举办各种晚会。我曾看过一次盛大的演出，在名曲《掀起你的盖头来》的伴奏下，两位漂亮的姑娘牵着一位遮着红盖头的"新娘"慢慢踱到舞台中央，她们突然揭去"新娘"的盖头，水银灯下站着一个老人，精神矍铄，满面红光。他那把特别醒目的胡须银白如雪，而手里捏着的盖头殷红似血。全场响起有节奏的掌声。人们唱着他的歌，许多观众的眼眶里已噙满泪花。这时，离他的生命终点只剩下两三年的时间。

王洛宾的生命是以歌为主线的，信仰、工作，甚至生活中的衣食住行都成了歌的附属，就像一棵树干上的柔枝绿叶。1937年，他到西北，这本是一次采风，但他被那里的民歌所迷，就留下不走了。他在马步芳和共产党的军队里都服过役，为马步芳写过歌，也为王震将军的词配过曲，他只知音乐而不知其余。甚至他已成了一名解放军的军人，却忽发奇想要回北京，就不辞而别。正当他在北京的课堂上兴奋地教学生唱歌时，西北来人将这个开小差的逃兵捉拿归案。我们现在读这段史料真叫人哭笑不得，他是逃兵吗？是，又不是。他像草原上一只渴急的黄羊，见到一点水光，就拼命地向这唯一的目标冲去，至于路边的石块荆棘，他全没有看见。在音乐的感召下，他是一个勇敢的先锋，而对音乐之外的一切，他却是一个傲慢的逃兵。不，他不是逃离，而是不屑一顾，他真的是"艺令智昏"，"乐令智昏"。甚至在劳改服刑时他宁可用维持生命的一个小窝头，去换取人家唱一曲民间小调。他也曾灰心过，有一次他仰望厚墙上的铁窗，抛上一根绳，挽成一个黑洞似的套圈，就要通向另一个世界时，一声悠扬的牧歌，轻轻地飘过铁窗。他分明看到了铁窗外的白云红日，嗅到了原野上湿润的草香。他终于没有舍得钻进那个死亡隧道，三两下扯掉了死神递过来的接引之绳。音乐，民间音乐才真正是他生命的守护神。我们至今不知道这是哪一位牧人的哪一首无名的歌，这也是一根"卓玛的鞭子"，又一回轻轻地抽在了王洛宾的心上。这一鞭，为我们抽回来一只会唱歌的老山羊，一个伟大的音乐家。

为了寻找那种遥远的感觉，我们进入金银滩后选了一块最典型的草场，大家席地而坐，在初秋的艳阳中享受这草与花的温软。不知为什么，一坐到这草毯上，就人人想唱歌。我说，只许唱民歌，要原汁原味的。当地的同志说，那就只有唱情歌，青海的"花儿"简直就是一座民歌库，分许多"令"（曲牌），但内容几乎清一色歌唱爱情。一人当即唱道：

尕妹送哥石头坡，

石头坡上石头多。

不小心拐了妹的脚，

这么大的冤枉对谁说。

这是少女心中的甜蜜。又一人唱道：

黄河沿上牛吃水，

牛影子倒在水里。

我端起饭碗想起你，

面条捞不到嘴里。

这是阿哥对尕妹急不可耐的思念。又一人唱道：

菜花儿黄了，

风吹到山那边去了。

这两天把你想死了，

不知道你到哪儿去了。

黄河里的水干了，

河里的鱼娃见了。

不见的阿哥又见了，

心里的疙瘩又散了。

一个多情少女正为爱情所折磨，忽而愁云满面，忽而眉开眼笑。

秦时明月汉时关。卓玛的草原，卓玛的牛羊，卓玛的歌声就在我的眼前。现在我才明白，我像王洛宾一样鬼使神差般来到这里，是为这遥远的地方仍然保存着的清纯和美丽。64年前，王洛宾发现了它，64年后它仍然这样保存完好，像一块闪着莹光不停放射着能量的元素；像一座巍然挺立，为大地输送着溶溶乳汁的雪山。青海湖边向来是传说中仙乐缥缈西王母仙居的地方，现在看来这传说其实是人们对这块圣洁大地的歌颂和留恋，就像西方人心中的香格里拉。

我耳听笔录，尽情地享受着这一份纯真。城里人无论是正襟危坐在音乐厅里听歌，还是躺在自己家的沙发上看电视，都不可能有此时此刻的味道。现代灯光音响设备的发达使舞台更加花花绿绿，但和这比只是一些纸糊的楼阁。真爱真情从来是和真山真水连在一起的，只有田野里的风，才能拂动心灵深处的火苗。从来没有听说过水泥马路上会飘出什么美丽的情歌。人们只有被野风所薰染，被生活所浸透，被真爱所驱使时，才会有真正的歌，那种不是为了表演，只为解脱自己的歌。

我们盘坐草地，手持鲜花，遥对湖山，放浪形骸，击节高唱，不觉红日压山。当我记了一本子，灌了满脑子，准备踏上归途时，突然想到一个问题，怎么这么多歌声里倾诉的全是一种急切的盼望、憧憬，甚至是望而不得的忧伤。为什么就没有一首来歌唱爱情结果之后的甜蜜呢？

晚上青海湖边淅淅沥沥下起今年的第一场秋雨。我独卧旅舍，静对孤灯，仔细地翻阅着有关王洛宾的资料，咀嚼着他甜蜜的歌和他那并不甜蜜的爱。

闯入王洛宾一生的有四个女人。第一位是他最初的恋人罗珊，两人都是洋学生。一开始，他们从北平出来，卿卿我我，甜甜蜜蜜，但一经风雨就时聚时散，若即若离，最终没能结合。王洛宾承认她很美，但又感到抓不住，或者不愿抓牢。他成家后，剪掉了贴在日记本上的罗珊的玉照，但随即又写上"缺难补"三个字。可想他心中是怎样的剪不断，理还乱。直到1946年王洛宾已是妻儿满堂，还为罗珊写了一首歌：

你是我黑夜的太阳，

永远看不到你的光亮。
偶尔有些微光呃，
也是我自己的想象。
你是我梦中的海棠，
永远吻不到我的唇上。
偶尔有些微香呃，
也是我自己的想象。
你是我自杀的刺刀，
永远插不进我的胸膛，
偶尔有些微疼呃，
也是我自己的想象。
你是我灵魂的翅膀，
永远飘不到天上，
偶尔有些微风呃，
也是我自己的想象。

意大利名曲《我的太阳》中的那位女郎是一个灿烂的太阳，而王洛宾的这个太阳却朦朦胧胧只是偶尔有些微光，有时又变成了梦中的海棠。留在心中的只是飘忽不定、彩色肥皂泡似的想象。

第二位便是那个轻轻抽了他一鞭的卓玛，他们相处了只有三天，王洛宾就为她写了那首著名的歌。回眸一笑甜彻心，瞬间美好成永远。卓玛不但是他的太阳，还是他的月亮：她那粉红的笑脸好像红太阳，她那美丽动人的眼睛好像晚上明媚的月亮。为了那"一鞭情"，他甚至愿意变做一只小羊，永远跟在她的身旁。但是也只跟了三天，此情此景就成了遥远的记忆。

第三位是他的正式妻子，比他小 16 岁的黄静，结婚 6 年后就不幸去世。

第四位，是他晚年出名后，前来寻找他的台湾女作家三毛。三毛的性格是有点执着和颠狂的。他们相处了一段后三毛突然离去，当时在社会上曾引起一阵轰动，一阵猜测。我们现在看到的是王洛宾在三毛去世之后为她写的一首歌《等待》：

你曾在橄榄树下等待又等待，
我在遥远的地方徘徊再徘徊。
人生本是一场迷藏的梦，

为把遗憾赎回来。

每当月圆时,

我对着那橄榄树独自膜拜。

你永远不再来,我永远在等待,

越等待,我心中越爱。

四个人中,只有黄静与他实实在在的结合,但他却偏偏为三个遥远处的人儿各写了一首动情的歌。大约每个人的心灵深处都有一块遥远的圣地,都是一个鲜花盛开的金银滩。这滩里埋植着理想、幸福,也有遗憾和惆怅。就像前面"花儿"里唱着的那个姑娘心里的甜蜜的冤枉,和小伙子连面条都捞不到嘴里的慌张。每个人的心都是一首李商隐的无题诗。

第二天我们驰车续行。雨还在下,飘飘洒洒,若有若无。草地被洗得油光嫩绿。我透过车窗看远处的草原俨然是一个童话世界。雨雾中不时闪出一条条金色的飘带,那是黄花盛开的油菜;一方方红的积木,那是牧民的新居;还有许多白色的大蘑菇,那是毡房。这一切都被洇浸得如水彩,如倒影,如童年记忆中的炊烟,如黄昏古寺里的钟声。我不能满足这种朦胧的意境,身体前倾,头贴车窗,想努力捕捉到它,看清它的纹路、肌理。但每当那田、那房扑到车旁时,便又一下失去了它的倩美,甚至我还分明看到被风雨打得七倒八歪的田禾和院前小路上的泥泞。草原秋雨细如雾,美丽遥看近却无。这大自然的写意正像古人所说:"如蓝田日暖,良玉生烟,可望而不可置于眉睫之前。"就这样,我一次次地抬头远望,一次次地捕捉那似有似无的蜃楼。脑际又隐隐闪过五彩的鲜花,美妙的歌声还有卓玛的羊群。

我突然想到这自然世界和人的内心世界在审美上是多么相通。你看遥远的东西是美丽的,因为长距离为人们留下了想象的空间,如悠悠的远山,如沉沉的夜空;朦胧的东西是美丽的,因为它舍去了事物粗糙的外形而抽象出一个美的轮廓,如月光下的凤尾竹,如灯影中的美人;短暂的东西是美丽的,因为它只截取最美的一瞬,如盛开的鲜花,如偶然的邂逅;逝去的东西也是美丽的,因为它留给我们永不能再的惆怅,也就有了永远的回味,如童年的欢乐,如初恋的心跳,如破灭的理想。陈毅论国画艺术有诗云:"大师撮其神,一纸皆留住。"王洛宾真不愧为音乐大师,对于天地间和人心深处的美丽,做到"提笔撮其神,一曲皆留住"。他偶至一个遥远的地方轻轻哼出一首歌,一下子就幻化成一个叫我们永远无法逃脱的光环，美似穹庐，笼盖古今，直到永远。

选自《21世纪年度散文选：2002散文》，人民文学出版社，2003年版。

▶　［作者简介］

梁衡，1946年出生于山西霍州，1968年毕业于中国人民大学，历任《内蒙古日报》记者、《光明日报》记者、国家新闻出版署副署长、研究室主任、政策法规司司长、报刊管理司司长、副署长。现任《人民日报》副总编辑，中国作家协会全委会委员，全国记协常务理事。

作品有科学史章回小说《数理化通俗演义》；新闻三部曲《没有新闻的角落》《新闻绿叶的脉络》《新闻原理的思考》；散文集《只求新去处》《名山大川》《人杰鬼雄》《梁衡散文》。曾获全国青年文学奖、赵树理文学奖、全国优秀科普作品奖。有散文《晋祠》《夏感》《觅渡、觅渡，渡何处？》等多篇作品入选中学课本。1998年，为纪念周恩来诞辰一百周年，发表散文《大无大有周恩来》，一时为全国数百家报刊转载，并荣获"中华散文奖"。

戏曲何妨也青春

■ 郑荣健

一出川剧折射出一个年轻时尚的群体和他们传承发展戏曲的年轻姿态。

戏曲何妨也青春

编剧是"85"后，导演是首次独立执导川剧的年轻人，演员平均年龄 20 岁，微信公众号讲述主创幕后故事，剧目上演时嵌入广告和抽奖互动，在剧场演完后还走进酒吧开唱……一切都是那么新鲜和创意十足，就像剧目讲述的"大众创业 万众创新"故事，当都市情感川剧《琵琶声声》日前在四川成都锦江剧场上演，观众反响热烈，600 多张票仅余 11 张，业界人士直呼看到了当代年轻人传承和弘扬传统戏曲的崭新姿态。

川剧首次采用制作人体制

《琵琶声声》采用的是戏中戏的双线结构。剧中，出身梨园家庭的蔡清朗和川剧演员赵如梅是一对青梅竹马的恋人，蔡清朗进京发展，赵如梅在家守望。这一幕幕，与传统川剧《琵琶记》中蔡伯喈赶考、赵五娘寻夫的情境穿插掩映，演绎了一出古今虽相似、命运各不同的悲喜剧。最后，蔡清朗回到成都，与赵如梅共同创新创业，守望乡音。

在由成都市文艺评论家协会举办的演后座谈会上，中国剧协副主席、剧作家罗怀臻感慨，这部戏让他看到了年轻人挚爱传统戏曲的初心，"虽然整部戏的情感、样式和表演仍带有青涩感，却处处可见年轻人对传统川剧的诚恳与敬畏之心。离乡者和守望者戏里戏外的呼应，更深层的却是现代人创业奋斗的照应。这个结构很好，也找到了属于它的恰如其分的形式"。

这部由成都市川剧研究院推出的都市情感川剧，开始曾定位为"实验剧""校园剧"，用成都市川剧研究院院长雷音的话说，"目的就是要推新人，给年轻人创造发展的平台"。编剧潘乃奇出生于 1985 年，在许多人眼里，她的创作思维和传统的编剧很不一样，对戏曲作品的剪裁、对现代生活的链接，都有鲜明的特点。自 2014 年有了创作的想法，到渐渐地在编剧、宣传策划人、剧目制作人的多重身份中实现"大挪移"，潘乃奇万万没想到自己一路走得这么有戏剧性——不光要考虑文本的创作，也奔走在拉团队、跑赞助、做宣传的各个链条环节，而这个过程中的每一步，最终都成为川剧首次采用制作人体制打造剧目的足迹。

"成都市川剧研究院近年来推出了一系列优秀作品，但是反映当代都市生活的这还是第一部。"四川省文化厅剧目工作室主任、国家一级编剧丁鸣说。样式清新、流畅、青春，台上台下呼应，观众喜爱，以致有专家认为，川剧诞生之初就是时尚的，这部戏定位为都市情感川剧，从内容上可以说是一种回归。

传统戏曲泛出青春的亮色

近些年来，传统戏曲不时会冒出一些青春的亮色，尽管还不成熟，还在探索和实验，却自有一番青涩的动人。2013 年，北京京剧院在进行了多次小剧场京剧实验之后，引入制作人制度，由"85"后编剧、导演李卓群推出了小剧场京剧《惜·姣》，除了小剧场的形制，包括剧中一改传统剧目《乌龙院》中阎惜娇形象的处理，引起业界广泛关注。

2014 年，首届北京当代小剧场戏曲艺术节举办，中国戏曲学院带来的《朱莉小姐》，把大量的传统戏曲手段糅合于斯特林堡式的人物内心刻画中，演员多为在校学生。这类充满青春气息、创新思维的小剧场戏曲实践，渐渐产生影响，许多戏曲院团、戏剧院校或戏曲工作室也参与了进来，到 2015 年第二届北京当代小剧场戏曲艺术节时，包括京剧、秦腔、昆曲、豫剧、河北梆子等不同剧种的 13 个小剧场戏曲剧目上演，像《三岔口 2015》《荼蘼花开》等，都赢得了良好的口碑，传统戏曲的年轻姿态亦越发鲜明。

更为宏阔的背景，是国家政策对戏曲的扶持和社会各界对戏曲的关注。2011 年至 2015 年，为培养优秀的青年戏剧创作人才，推动中国戏剧事业的整体发展，中国剧协联合上海戏剧学院、上海市文联、上海市剧协等单位举办全国青年戏剧创作高端人才研修班，先后开设了戏剧编剧、导演、音乐、评论和舞美 5 个专业研修班。2015 年 5 月，首届全国青年戏剧创作会议在沪举行，更是成为新时期以来首次以青年戏剧人才为主体的全国性创作会议。在此之后，5 个专业研修班的 300 多名学员回到各自的工作岗位和专业领域，一批年轻的创作者、评论者渐渐走进公众的视野，给戏曲的传承发展注入了青春的气息。

"戏剧构作"引入戏曲的可能性

潘乃奇告诉记者，《琵琶声声》的创作多少受了一些影响。相对于北京、上海这样的大都市，有的创新实验在成都有点"人间四月芳菲尽，山寺桃花始盛开"的感觉，希望自己的实践能给川剧带来一点清新的空气，一些不一样的色彩。经历过制作剧目各种身份的"大挪移"，她也渐渐喜欢上了这种身份的多元性、丰富性，大胆地萌生了一个想法：能不能借此引入新的概念，用"戏剧构作"的形式探索一套新的剧目制作体制？

"戏剧构作"的概念和体制出自德国，在翻译中也有被称作"文学顾问"的，但区别于文学的顾问，它主要指剧院运营和剧目排演工作的方式。在潘乃奇的理解里，它可能包含着"艺术总监 + 制作人"的多层内涵，与自己创制《琵琶声声》的经历几乎不谋而合。从目前的戏曲创制环境看，多数仍为剧院定题目、找人选，然后用自己的班底或委约创作，有的院团有艺术委员会或相关机制进行统筹把关，但多数情况下在资金运用、艺术把握和营销推广上是缺乏统筹的。她说："这几年，戏曲引入制作人体制，取得了很不错的效果，李卓群就是很好的例子。如果在这个基础之上，对戏曲的创制方式加以丰富、拓展和完善，或许能给戏曲带来意想不到的惊喜。而这恰恰是当代年轻人应该有的担当。"

选自《中国艺术报》，2016 年 5 月 9 日。

▶ ［作者简介］

　　郑荣健，出生于20世纪70年代，北京师范大学文学硕士，现为中国艺术报社记者。自幼酷爱文艺，勉弄文墨，爱读书而笔疏懒，性萧放而讷于言，所涉博杂，尤爱戏剧影视，在各大报刊发表文艺评论、文化评论数十篇，撰有传记《折翼天使的美丽转身》等。

"滑稽"是滑稽戏的头等大事

■ 周艺凯

　　我生于1933年，从小酷爱"滑稽"，1949年读高中一年级时，瞒着父母投拜裴凯尔先生为师。裴凯尔老师集编、导、演于一身，还能演奏滑稽节目使用的所有乐器（包括钢琴、二胡、京胡、琵琶、弦子、扬琴和鼓板等），同行称他"小百搭"。他编写唱词和钢琴伴奏是同行一致公认的高手。唱词《妈妈不要哭》是他的代表作；他不仅用钢琴伴奏滑稽节目常用曲调和各种戏曲，还能伴奏京剧，充满滑稽剧（曲）种的独特风味。我对他非常敬佩。他毫无保留地把他的技艺传授给我，是一位非常负责任的好老师。在老师的培养下，使我后来也走上了老师的发展道路，从演员到编剧，从编剧到导演，并能演奏老师精通的各种乐器。

　　1950年裴凯尔老师介绍我进上海大新游乐场雪飞通俗话剧团当演员练习生（即学员）。他说："游乐场是学艺的好地方。"当时，所有的"通俗话剧"（后称"方言话剧"）与"滑稽"剧团演的都是幕表戏（没有剧本，只有大纲，略载全剧几场，某场几个角色，出场先后，情节概要，唱词念白均需要演员即兴发挥），"雪飞"当然也不例外。每天演出日夜两场，每场演出四个小时，其中大戏演三个小时，小戏演一个小时。日夜场大戏剧目不一样，每隔五天更换剧目，小戏不定期更换剧目，全年无休，一年要演一百四十四个大戏和几十个小戏。之后，参加过许多专跑小码头的滑稽剧团，三、五天换个码头，演出剧目是"夜翻日"，就是每换个剧场，首场演出总是夜场，第二天日场再演昨天夜场的同一个剧目，夜场更换新戏，以此类推。（虽然是每天日、夜场剧目不一样，实际上是每天更换一个剧目。）

　　离开"雪飞"之后，我先后参加过十几个中小型滑稽剧团，如"红运"、"合众"、"和平"、"新艺"、"艺海"（先施游乐场）、苏州"星艺"、杭州"天影"等。其中有许多滑稽名家，如冷面滑稽张幻尔、朱翔飞，呆派滑稽任咪咪，还有王亚森、徐笑林等，他们都各有自己高超的招笑技巧，风格各异，让我开了眼界，给我留下深刻的印象。有些精彩的笑料在我后来的艺术实践中借鉴运用，都取得了很好的效果。

演了几年幕表戏，演过剧目几百个，真是得益匪浅。这是我从艺60余年最重要、最宝贵的经历。我的文化程度，能成为一个滑稽戏的"编剧"，是得益于这一段演幕表戏的宝贵的经历。在这过程中，我学到了许多滑稽戏的大大小小的"套子"（招笑技巧）。这都是我们的前辈创造的宝贵的艺术财富，留给我们的珍贵遗产。这些"套子"在我的演、编、导艺术实践中发挥了十分重要的作用，够我用一辈子。这些过去用过的"套子"，被称为"老套子"，后来我发现在新的滑稽作品中所用的"套子"基本上都离不开这些"老套子"，有许多是从"老套子"演变过来的。

1959年大公滑稽剧团欲招聘青年演员，当时裴凯尔老师是"大公"专职作词人，他向剧团领导积极推荐，介绍我去应聘。经过演滑稽戏和独脚戏等一系列考核，我被录用，1960年我正式进团。"大公"的艺术氛围很浓，青年演员相互竞争，不甘心落后，创作热情很高。沈一乐老师（时任副团长）让我参与他和裴凯尔老师一起创作独脚戏，为我提供了一个极好的学习机会。从1960年至1966年，我与两位老师不间断地连续创作了十几个独脚戏段子，都由沈一乐老师带我搭档演出。我们三人的长期合作，取得了丰硕的成果。为了剧团上演新戏的需要，党支部领导建议我们为剧团创作大型滑稽戏，我们欣然接受，创作了大型滑稽戏《喜上加喜》，上演后受到观众的热烈欢迎和专家、领导的好评。《喜上加喜》成为大公滑稽剧团的保留剧目。这是我参与创作的第一个大型滑稽戏，深受鼓舞。为我以后创作大型滑稽戏奠定了很好的基础。

"文革"期间，滑稽剧团全部被迫解散，滑稽演员全部被迫转业。当时我思想上很苦闷，难道滑稽剧（曲）种就这样绝灭了？我被分配到豫园商场华新纺织品商店当营业员。我身在布店里，心在剧（曲）种里，通过"体验生活"，我产生了创作灵感，编写了独脚戏《一把尺》。有些人为我担心："周艺凯，你还要搞独脚戏啊？"善意地提醒我"不要在剧里没被打倒，转业后再被批斗。"为此，我把"独脚戏"名称改为"上海相声"，找个搭档，以"业余演员"的身份参加"群众文艺"演出。上演后受到观众的热烈欢迎。《一把尺》是当时滑稽演员唯一在电台和电视台播出的独脚戏。曾风靡一时，家喻户晓。观众的欢迎是对我最大的鼓励，增强了我继续创作的信心。

1973年我被调配到上海南市区文化馆工作，任文艺组副组长，担任辅导群众文艺工作，组建业余曲艺队。我们的曲艺队里拥有许多有志于滑稽艺术的爱好者，其中有不少有一定创作水平的业余作者。我经常与他们一起共同探讨创作题材和修改、加工他们创作的曲艺作品，有时与他们一起通宵修改、加工本子，我仿佛又回到了"老本行"，做我自己热爱的工作。业余作者不追求名利，没有任何框框，思路宽广，态度认真，注重社会效果，往往构思奇特、大胆。在研讨过程中，我常常受到启发，收获不小。与其说是我对他们辅导，不如说我们是相互学习，共同提高。与他们在一起，我能学到在专业剧团里缺少的东西。对我后来的创作拓展思路、注重社会效益和提高作品品位等都有很大的帮助。

在文化馆工作期间，我意识到要做好"辅导工作"和提高自己作品的质量，我必须努力提高自己的创作与思想水平。我经常观看各种文艺演出和阅读文艺理论书籍，常常与吴双艺一起探讨辅导工作中遇到的一些问题；研究曲艺作品的题材与质量。并与他和王辉荃一起探索与创作，我们一起创作了《小厂办大事》等"上海相声"，由我参加群众文艺演出。

粉碎"四人帮"后，文艺事业得到解放，大大地激发了我的创作激情。我与吴双艺连续创作了两个讽刺"四人帮"摧残滑稽与评弹的独脚戏《观众的笑声》和《书坛奇闻》。不久后我"归队"被分配到青艺滑稽剧团。

创作实践中，我经常为自己很难提高作品的质量而感到苦恼，往往自己看到存在的问题而无法解决，力不从心，无能为力。究其原因，是与自己文化水平低和缺乏创作理论有关。我渴望在这些方面得到帮助。正在我为此而感到苦恼之时，我有幸结识了二位上海戏剧学院毕业的高材生——缪依杭（原上海滑稽剧团团长、编剧）、程志达（原上海评弹团资深编剧）。他们两位都是既有高深的创作理论又有丰富的实践经验的剧作家，各有特长。缪依杭创作态度严谨，文学性强，注重提高滑稽戏的品位，讲究喜剧结构，力求剧本的完整性；程志达思维敏捷，注重情节结构，讲究故事性，力求把评弹"噱"的艺术手段运用到戏中。与他们合作创作的过程中，我真诚地向他们虚心学习，学到了许多我所缺少的东西，弥补了许多我的不足之处，对我很有帮助，提高了我的创作水平与质量。我从心底里感激他们，尊重他们。自1981年至1985年五年之内，我们连续合作创作了六部大型滑稽戏，形成了一个创作集体，引起同行和相关领导的关注。有人说，我们三个不在同一单位的编剧，能连续合作五年，创作六部大型滑稽戏真是难能可贵。是的，的确很不容易。这要归功于他们二位的谦让和人品。在多年的合作中，我们三人从来没有因争名夺利或其他原因而发生过不愉快之事。始终是在和谐、团结的气氛中进行创作的。我觉得在这样的环境中创作是一种享受。我不仅学到了他们的创作技艺，更学到他们高尚的人品。谁料，二位先生先后不幸英年早逝，我悲痛地失去了二位良师益友。

我创作滑稽戏，首先要求是滑稽戏一定要滑稽。有位专家曾经说过：滑稽戏不滑稽，那倒是"滑稽"。我赞同。我在创作滑稽作品时首先考虑的是滑稽，观众是否会笑，这是"头等大事"。

滑稽戏被称为是百花园中的一朵奇葩。它的独特之处在于这一剧种的三大艺术手段，也就是滑稽戏的三大艺术特色，即：招笑技巧、各地方言和南腔北调。滑稽戏要充分运用它独特的艺术手段，以它独特的艺术魅力吸引大量的观众。而首要的是招笑技巧，是滑稽。滑稽戏（包括小戏和独脚戏与小品等等）不能没有"套子"，"套子"是前辈们创造的招笑技巧，"套子"用得越多越"滑稽"（当然不能滥用或生搬硬套）。没有"套子"的滑稽戏（包括其它滑稽作品）往往是不够"滑稽"或者是不"滑稽"的。"套子"就是招笑技巧，不运用招笑技巧怎么会"滑稽"？当然，仅是"滑稽"，让观众发笑，不一定是好的、高质量的滑稽戏。我们不能只满足于剧场效果，还要有积极、健康的思想内容，要讲究社会效益。要提高滑稽戏的品位。

滑稽"套子"是个宝，滑稽作品少不了。只要我们掌握更多更好的"套子"，何愁滑稽"不滑稽"。通过创作实践，我的体会是："套子"要"多"、"用"、"巧"。"多"，就是掌握的"套子"要多，"多"了，就可以随时信手拈来，且有选择余地；"用"，就是要会用。用得恰到好处，不能生搬硬套；"巧"，就是要用得巧妙，为新的内容服务，又看不出"老套子"的痕迹，有时还被误认为是"新套子"。

前辈们为我们留下了大量宝贵的"套子"，我们有很多工作要做、可做，要认真地深挖传统，要下功夫学习、研究，"古为今用"，先继承后发展。代代传承、发展，才能不愧对前辈和后代。我们要创作更多好的滑稽作品，满足观众的需求，不辜负观众的期望，不要让观众失望，为创作出有利于提高观众素质的作品，为社会主义文化大发展大繁荣作出应有的贡献。

选自《中国艺术报》，2016 年 3 月 25 日。

▶ ［作者简介］

　　周艺凯，生于 1933 年，从艺 65 年，是集编、导、演于一身的上海滑稽艺术家。坚持滑稽作品一定要"滑稽"，追求噱头的美感和品位，噱头为内容服务、为塑造人物服务，在滑稽作品创作中形成了自己独特的艺术风格。

陆春龄：艺术常青树

■ 王晓君

　　年近 90 高龄的笛子表演艺术家陆春龄依然忙碌，他频频奔走国内、出访海外，一场连一场的演奏，全然不知老之已至。自 1954 年起，陆春龄多次操笛出访亚洲的印度、缅甸、印度尼西亚、巴基斯坦等国，欧洲的前苏联、瑞士、法国、比利时、德国、奥地利、荷兰、罗马尼亚、保加利亚、意大利、冰岛、挪威、瑞典等国，还有非洲的埃及、摩纳哥等 60 多个国家，有"一代宗师""神笛""魔笛"之誉。党的三代领导人都聆听过他的笛声。作为中国文化使者，他曾为印度尼西亚苏加诺、印度尼赫鲁、柬埔寨国王西哈努克、法国戴高乐、英国女王伊丽莎白二世、比利时皇太后等国家元首演奏过，其中和毛泽东主席、江泽民同志在一起的情景最使他难忘。陆春龄很有感触地说："我从一个普通的工人成为一位群众喜欢的艺术家，能享受这许许多多的荣誉，全都离不开党和人民的培养。"因此，他常言传身教地教育子女："必须听党的话，全心全意地为人民服务。"

　　陆春龄从 6 岁起吹笛，屈指算来，已有 80 多个春秋，长期的艺术实践和理论探索形成了他的独特艺术风格。其气之精微，指法之奥妙，音色之浓郁为国内外乐坛及知音所尊崇。陆春龄操南方曲笛，韵味隽永、甘甜醇厚；奏北方梆笛，奔放粗犷，开阔亢亮，尤其在江南丝竹的基础上，他广蓄并纳，形成了自己独树一帜的体系和流派，被誉为当今南派杰出代表。陆春龄演奏的《鹧鸪飞》《小放牛》《欢乐歌》《梅花三弄》《行街》及由他创作的反映时代新貌的乐曲《今昔》《喜报》《水乡新貌》《潇湘银河》《节日舞曲》（用巴乌演奏）《奔驰的草原》《江南春》和歌颂香港回归的《普天同庆》等曲，无不挥洒自如，或行云流水，或松涛鹤唳，似貌传神，极尽其妙，令人叹为观止。

与领袖的笛子情结

与陆春龄交谈，谈得最多的话是他为毛泽东、邓小平、江泽民三代领导人演奏的情景。陆春龄说："他们不仅是关心我个人，更为弘扬民族文化指明方向。"

1954 年春天，陆春龄在怀仁堂第一次见到了毛主席，演出前他只知道有首长要来观摩，但不知道是谁。当帷幕拉开时，他才发现毛主席与周总理坐在第三排中间正瞧着他。此刻的陆春龄无法平静，兴奋、激动、紧张，拿笛的手也颤抖了。刹那间，他看到了毛主席和周总理慈祥的目光，仿佛在说，不要紧张嘛，好好吹，我们在等着你的笛声呢，陆春龄定了定心，格外认真地吹奏了《鹧鸪飞》。1962 年 8 月，毛主席来上海视察工作，在上海友谊俱乐部毛主席又接见陆春龄，并希望他再演奏一曲《鹧鸪飞》。这次他不像以前那么紧张了，他将鹧鸪鸟忽高忽低，时远时近，若隐若现尽情自由地展翅蓝天向往幸福的形象表现得淋漓尽致。毛主席听完曲子后走向陆春龄，边抚摸竹笛边握住他的手说，谢谢！谢谢！吹得好！吹得好！要用笛子好好为社会主义革命和社会主义建设服务。陆春龄紧紧地握住毛主席的手不放，千言万语并成一句话："感谢主席，感谢党的培养，我一定好好为人民服务。"至今，陆春龄家还挂着毛主席与他合影的照片。陆春龄说："见此照便会勾起我温馨的回忆。"

"四人帮"粉碎后的一个五一劳动节，陆春龄被邀至北京演奏，节目单上规定只演奏一首曲子，当时邓小平同志陪着外宾坐在观众席上。当陆春龄一曲《练兵场上》演奏完后，主持人对他说再加演一曲《友谊赞歌》，且要用法国的三孔笛吹。事后陆春龄才知道《友谊赞歌》是小平同志特意点的。小平同志还请人转告他说："我们的民族音乐不仅要让中国人欣赏，更要让海外朋友了解。"陆春龄回忆说："这天我虽未能见到邓小平同志，但仍十分欣慰，我会遵循他的嘱托，将民族音乐带出国门，让世界了解中国，让世界各国的友谊赞歌响彻全球。"

江泽民同志对中华民族文化更是关怀备至，他要求文艺工作者弘扬中华国风雅韵之民族精华，高歌爱国主义旋律，更好地面向大众，为有中国特色的社会主义建设服务。1986 年 10 月 15 日，英国女王伊丽莎白二世访问中国，女王在当时任上海市委书记的江泽民陪同下，来到上海豫园湖心亭参观，江泽民用风趣的语言向女王介绍陆春龄："他是我国著名的笛子表演艺术家，也是上海音乐学院的老教授。他曾经出访过很多国家，是国宝也是文化使者。"在江泽民的介绍下，陆春龄为女王演奏了一曲《喜报》，一曲用英国笛子吹奏的英格兰民歌《乡村花园》，女王十分赞赏，连连与他握手，在一旁的江泽民也十分高兴地抚弄着笛子。

　　1996年"五一"国际劳动节，时任中共中央总书记江泽民在上海接见全国劳模，陆春龄又一次见到了他。江泽民同志十分关心劳模的身心健康，同时又鼓励劳模们继续全心全意地为大众服务。当即，陆春龄向同行们表示，一定响应江泽民同志的号召，将自己有限的生命融入到工农群众中去。一次去南京慰问演出，已75岁的陆春龄坚持提出要下矿为正在开采的工人演奏，由于正是炸山不能下井，于是陆春龄登上了高大的石板车为百名矿工演奏，矿工们无不感叹地说："全心全意为人民服务的精神又回来了。"

文化使者誉五洲

　　德国作曲家理查·瓦格纳曾说："音乐用理想的纽带把人类结合在一起。"而陆春龄以竹笛为桥梁，沟通文化，促进友谊。改革开放后，陆春龄更是频频出访，这些年来，他四访台湾，他说："在台湾的日日夜夜，总被热烈的场面感动着，至今历历在目。"一次在台湾的音乐会即将结束时，突然观众席上一位96岁的老教授走上舞台，面向观众激动地说："大陆艺术家今晚把全部看家本领都奉献给了我们，我越听越激动，大陆同胞、台湾同胞都是中国人，要文化交流，要思想交流，这次演出本身就是最好的体现！"陆春龄抑制不住自己的感情，以一曲《友谊赞歌》向观众答谢，笛声将两岸人民的心紧紧地联系在一起。

　　还有一次，陆春龄应日本中国综合研究中心大阪事务所邀请，率上海江南丝竹协会部分成员赴日本京都、东京、广岛等8个城市演出。陆春龄演奏的《水乡新貌》《鹧鸪飞》《梅花三弄》《喜报》等曲，秀丽隽永，曲尽其妙，场场爆满，倾倒东瀛，在日本刮起了一阵不小的中国民族音乐风。日本著名舞蹈家吉村雄辉园女士得知陆春龄赴日演出，异常高兴。她一连观看了陆春龄在高松的8场演奏，又紧追至大阪，提出要在大阪联欢会上与陆春龄联袂演出《水乡新貌》。随着优美流畅的旋律，吉村雄辉园翩翩起舞，牧笛自由随心翻，舞姿得意醉人欢。陆春龄说："中日友谊，一衣带水，中日文艺工作者虽语言不通，但心心相印。"

2006 年 5 月，86 岁高龄的陆春龄和三弦表演艺术家李乙等音乐家们应德国、瑞士、斯洛文尼亚国际艺术节之邀，在德国、瑞士、荷兰、斯洛文尼亚、卢森堡、奥地利、比利时和意大利 8 国举办了中国民乐展演。短短 45 天，行程 8 万里，展演了 25 场。他们走进大剧院，去大教堂、修道院、博物馆、图书馆，下乐器厂、农牧场、敬老院为民演出。

"老吾老，以及人之老。"这是中华民族的美德，在国内，陆春龄年年要去敬老院慰问演出。上海社会福利院还特别为陆春龄颁发了"爱心助老"奖。在国外，陆春龄更是义不容辞。德国敬老院居住的是 80 岁以上的老人，他们并不穷，但很寂寞，陆春龄的到来使他们倍加高兴。陆春龄当即为老人们吹奏了起伏多姿的《欢乐歌》，笛声和着节拍融合在一起，老人们沉浸在欢乐的海洋之中。

25 场音乐会展演结束，在即将返回祖国的前几天，陆春龄一行兴致颇浓地登上了阿尔卑斯山。气势磅礴、白雪皑皑的美景激发了陆春龄的诗情，他竟然在海拔 4 000 多米高的阿尔卑斯山上吹响了《梅花三弄》。美妙的笛声如吸铁石一般，将游览阿尔卑斯山的游客一下子吸引了过来。当他们得知是一位 86 岁高龄的中国艺术家在吹奏时，非常敬佩，纷纷捧雪为老人祝寿。中国民族管弦学会副会长张殿英说："86 岁高龄的吹管艺术家至今还能活跃在舞台上开独奏音乐会，且一吹一两个小时的，在我国唯有陆春龄了，据我所知，在世界上也可以说是绝无仅有的了。"

愿为人民吐尽丝

"生命不息，笛声不止"，这是时任中国作家协会党组书记金炳华为陆春龄题的字，实际上也是陆春龄一生的真实写照。

陆春龄不仅演奏曲目，他还到学校做"一辈子为人民演奏"的讲座，一来弘扬民族音乐，二来推动爱国主义教育。面对学生，86 岁的陆春龄十分开心，他说："和年轻人在一起，我的心也年轻了许多。"学生们也喜欢和他交谈，说他平易近人，一点也没有大师的架子，但陆春龄却对学生说他"有架子"，一是笛架，二是中国人的骨架，无论在海内还是海外，这两副"架子"是万万丢不得的，学生聆听着，感染着，潜移默化地接受着爱国主义的教育。为了表达"老骥伏枥，志在千里"之志，陆春龄唱了他自己作曲的《愿为人民吐尽丝》的昆曲。他唱得十分投入，时而慷慨高昂，时而深情绵长，声情并茂。陆春龄介绍说："这首曲的词作者是中国汉语改革学会会长袁晓园老人。袁晓园加入美国国籍已有30年，却毅然回国，恢复中国国籍，我十分佩服。1982年，我与袁晓园在北京参加全国政协会议，晓园赠我墨宝'夕阳未必逊晨曦，愿为人民吐尽丝'。我一直将这墨宝挂在家中，作自己老有所为的座右铭。党的十五大召开，9月14日又逢我生日，双喜临门，再读此诗，激动不已，夜不能寐，兴奋中我谱写了此曲，故向党和人民一吐心声。"

香港回归，陆春龄又谱写了一曲《普天同庆》以示祝贺。一次，陆春龄率中国国乐团出访香港，在沙田大会堂及荃湾大会堂，陆春龄一面亮喉高歌，一面用手中的笛子当指挥棒，调动台上台下的情绪，将会场的气氛推至高潮。香港听众不仅赞美陆春龄笛子演奏"艺冠群伦""神韵兼备"，更为他的"龙马精神"所折服。

2008年四川汶川大地震，陆春龄的心被震动了，他奋笔创作了体现中华民族"一方有难，八方救助"的《抗震救灾》大型笛子协奏曲。乐曲歌颂了在胡锦涛总书记英明领导下，全国人民齐心合力，排除万难抗震救灾的可贵精神。陆春龄说："在党和人民最需要的时刻，作为文艺工作者必须站出来，用自己特殊的方式去鼓舞大家。"

至今，陆春龄仍下工厂，赴部队，走学校，坚持为人民服务，他说："为人民服务是我们党的生命线，我们文艺工作者不带头谁带头呢？"1996年，陆春龄在上海大剧院举办艺术生涯70年音乐会，时任国家教委主任的陈至立得知后予以高度肯定并高兴地题词："龙笛凤箫声誉五洲，弘扬民乐功勋卓著。"党和人民也没有忘记陆春龄。2009年，中国音乐家协会向他颁发了中国音乐金钟奖终身成就奖；2010年，中共上海市委宣传部向他颁发了上海文艺家终身荣誉奖。

晚霞的曲，像火一样的热烈，它把云彩烧红了，它把大地映红了。晚霞的曲，是春色的，是充满朝气的，因为他是从陆春龄心田里滋润流淌出来的，是和着"为人民服务"的时代脉搏而永远前进着的。

选自《中国艺术报》，2010年3月23日。

► ［作者简介］

王晓君，笔名骋月，1944 年生。上海信息技术学校任教，现退休。为上海作家协会会员，上海市古典文学学会会员，《海派文化》报主编。擅写名家掌故，也写散文随笔。著有《花曾识面》《幽兰空谷》《千语一笔》等，计上百万字。

当代乐坛的消费主义和浪费主义

■ 居其宏

2007 年 12 月 10—12 日，有幸作为音乐批评界的代表应邀参加由北京市文联及《文艺研究》编辑部联合举办的"批评与文艺：2007·北京文艺论坛"，听到若干语惊四座的高谈阔论，收获不小，感触良多。归来后整理思绪，乃成《当代文艺批评的阿 Q 性格——"批评与文艺：2007·北京文艺论坛"之归思》一文，就"时代谋杀批评"之说发表了我的零星感想和评论。之后想起北京某大学一位专门研究外国文学的年轻教授关于当代文艺与消费主义的发言，当时着实令我吃惊不小。记得第二天轮到我发言时对此作了即席回应，认为"这是一个令人瞠目结舌的观点"，但未及展开。归来后惊魂稍定，思虑良久，仍觉意犹未尽，于是决定拿它作本文的主题。

这位年轻教授发言，以尼采的能量积聚与释放理论为依据，认为中国改革开放和市场经济积聚了大量财富，当财富积聚到相当丰富的程度时，就要释放，就必须刺激消费，于是便产生了消费主义；而当代文艺则为这种消费主义提供了一个释放的通道。为了给自己的观点提供有力佐证，教授还特别举例说，我国美术界某某人由于有了极高的知名度，因此只要他在一张破纸上胡乱涂抹几笔，然后签上大名，开出高价，争相购买者必然趋之若鹜，而此画的艺术质量究竟如何，则根本无人介意……

听罢这席高论，原以为这是年轻教授的春秋笔法和苦中作乐的激愤之言，但细看教授发言时的神态，庄严而端肃，不像是上海人爱看的"冷面滑稽"或现代人最为时兴的"黑色幽默"；况且"北京文艺论坛"是一个严肃的高层学术论坛，在性质和时空条件方面与大众演艺游乐场所毕竟大不相同，而年轻教授也不必像演技高超的明星大腕那样在学界同行面前上演一出现场"脱口秀"。因此，我宁愿相信这是一个严肃学者的一篇严肃发言；也正因为它的严肃性，从而引起我的严肃思考也在情理之中。

　　我是从事音乐学研究的，对美术界的情况知之甚少，年轻教授所举之例是否属实，不敢妄言；但"当代文艺"自然也包括了音乐、戏剧、舞蹈、影视等诸多品种。从音乐界的实际情况看，类似的消费主义的例子固然也能找到，相反的例子也许更多。

　　类似的例子可以举出谭盾。无论从国内外极高的知名度还是在创作方面花样翻新、奇招迭出或人气极旺、销路甚好等等诸多参数看，都可为年轻教授之当代文艺与消费主义理论提供有力佐证。但即便如此，他为电影《卧虎藏龙》所写的配乐，却绝对不是"胡乱涂抹几笔再签上大名"的作品，否则，光靠名气是不大可能获得奥斯卡金像奖最佳音乐奖的，除非全体评委也都成了谭盾的消费主义者。此外，他的《永恒的水》以及《十九个操》等作品是否"胡乱涂抹"而成姑且不论，但在音乐界引起不同反响和激烈争论倒是一个不争的事实，而他在国内举办的个人作品音乐会也远未达到听众"趋之若鹜"的程度。

　　相反的例子则更多。

　　首先说谭盾的同班同学郭文景，其国际知名度虽不及谭盾，但就其才华横溢和创造力超群而言，是国内作曲家中一位举足轻重的大腕级人物，在音乐界特别是高等音乐院校中有巨量拥趸。他的交响乐《东方红日》是一部委约作品，据说作曲家从委约单位拿到的稿费相当丰厚，其价码之高，可谓我国当代作曲家单部大型作品稿费之最——这大概也可为所谓当代文艺的"消费主义"提供一个注脚了吧？可惜，这个作品在创意阶段就从根本上违背了交响乐创作的基本规律，因此无论郭文景才华再高、名气再大，也无论其创作态度是随意涂抹还是精雕细刻，即便作曲家以高超技巧将第四乐章帕萨卡利亚写得精彩绝伦，也挽救不了作品整体失败的命运。果然，上演后非但没有出现听众趋之若鹜、同行好评如潮的盛况，反而在同行中引起广泛而激烈的批评。

　　其次说三宝。这位学习指挥专业出身的青年作曲家，以一曲《你是这样的人》蜚声乐坛之后，接连为若干电视剧和杨丽萍的《云南映象》谱曲，其出众才华和能力在音乐界和普通听众中赢得了广泛赞誉，从此声名鹊起，身价倍增。不过，近年来由他作曲的两部音乐剧《金沙》投资 2 000 万元、《蝶》投资 4 000 万元（一说 6 000 万元），创造了我国本土音乐剧单本剧投资规模的最高纪录，也可算作当代文艺"消费主义"的两个典型范例了。然上述两剧公演之后，尽管剧组在广告宣传上不遗余力、高调推销，当事者殷切盼望的观众"趋之若鹜"的盛况非但远未出现，反倒惹来业内同行的强烈非议，各种批评纷至沓来。

再说著名舞蹈编导张继刚——在我国当代舞蹈编导中，是一个才华横溢、声誉日隆的佼佼者，其诸多舞蹈小品已成为我国当代舞蹈艺术的佳作。但他导演的音乐剧《白莲》，尽管投资规模不小，舞蹈色彩斑斓，场面宏大绚丽，却终因其戏剧内涵薄弱、舞蹈成分之未能有机融入戏剧而在上演后不久便从此销声匿迹矣。

此外，著名电影导演张艺谋、陈凯歌、冯小刚，曾以不少作品倾倒无数影迷并对之"趋之若鹜"，论艺术成就及其在世界同行中的名声、地位和影响，丝毫不亚于国内美术界、音乐界、舞蹈界任何一位大师级艺术家。他们近年来投入巨资制作的所谓"大片"，影片本身争奇斗艳，名导们的创作态度精雕细刻而绝无"胡乱涂抹"之态，广告宣传铺天盖地而绝无推销不力之嫌，应是我国当代文艺界消费主义之集大成者无疑。然公映不久便受到同行们的批评和观众们的冷落，在电影市场上几无例外地连遭滑铁卢之败。

何也？是当下音乐界、电影界的能量积聚与释放尚未达到"消费主义"的标准？

何也？还是"当代文艺与消费主义"理论的本身出了问题？

在我看来，无论是美术界，还是音乐界、舞蹈界、戏剧界、影视界，无论是哪一级的艺术大师，即便将人们辛辛苦苦"积聚"的财富"释放"于制作中达到天文数字，在面临每一个新的创作命题时，如果不在艺术本体、艺术质量上殚精竭虑、狠下苦功，如果不在增强作品艺术魅力和感染力上出新出彩，把这篇大文章做精做足，只想通过自身已往的名气地位投机取巧，或耍弄某些小聪明来糊弄同行和观众，就绝不可能将已经"释放"出去的财富通过自己的作品再"积聚"回来，也绝不可能让中国观众对你再一次"趋之若鹜"。

当代乐坛中的这种消费主义，说到底，乃是一种在浮躁、轻狂等不健康心态驱策下追名逐利的、危险的、害人的"浪费主义"——它不仅浪费了天文数字般的人民币（即所谓"硬财富"），在当代音乐创作中助长豪奢侈靡、投机取巧之风，同时也将某些著名音乐家已往通过出色艺术创作而在广大观众中点点滴滴积聚起来的良好声誉和个人形象（即所谓"软财富"）白白浪费。这种"消费主义"理论及其"浪费主义"的种种实践如不及时制止而任其泛滥，用不了多久，必将从根本上将广大观众对当代音乐的期待和信任挥霍一空。

用尼采的能量积聚与释放之说来为这种浪费主义实践提供理论支撑，把它精心打扮成"消费主义"，无疑是当代文艺批评界最大的黑色幽默之一。只是，目睹成吨黄金（尤其是当这些黄金是用无数纳税人心血铸成时）买来一堆艺术三等品、残次品乃至假冒伪劣类垃圾之怪现状，面对如此幽默，一切有良知和责任感的艺术家是无论如何也笑不出来的；更感可悲的是，某些艺术家的艺格和人格已被自己浪费到了严重透支的地步仍不自知自省，依然一而再、再而三地重复上演这类黑色幽默剧，岂不令人痛哉？

对此，我们除了心灵滴血、欲哭无泪之外，还要大声疾呼：

艺术创造必须回归本体，消费主义理论和浪费主义实践可以休矣！

选自《人民音乐·评论版》，2008 年 4 月 1 日。

▶ ［作者简介］

居其宏，音乐学家、评论家。1943 年生于上海。中国音乐家协会会员、中国音协理论委员会委员、中国音乐美学学会会员。现为南京艺术学院教授，音乐学研究所所长，南京艺术学院硕士生导师、博士生导师。

恋爱的犀牛（节选）

■ 廖一梅

第二十二场

（众人站成一排，摄影师在摆弄相机准备照相。牙刷、大仙、马路等人皆盛大装，穿着黑色结婚礼服的黑子站在中间，新娘的位置空着。）

牙刷：我同意——结婚是根治黑子脸上青春痘的唯一办法，从这一点出发，结婚还是有一定好处的。

马路：有人的人生任务完成得就是比别人快。

牙刷：我觉得完成得好比完成得快重要，黑子纯属心急硬吃热包子……（众人看他，牙刷自觉失言）挺好！

黑子：莉莉说，我们现在快速结婚，我们就是跨世纪婚姻，我们的孩子将在新世纪出生。

大仙：归家的兔子，靠岸的船，中国又少了一对老大难。

马路：挺好。

恋爱指导员：社会又减少了一个不安定因素。

大仙：挺好。

主持人：这就叫弄假成真，体验派就这点不好。

黑子：莉莉怎么还不出来？

主持人：对于大多数女人来说，婚礼是铁定能做主角的唯一机会，自然要让你们多等一会儿。

黑子：一会儿大钟彩票就要揭晓了！

牙刷：你还想人财两得？

黑子：什么叫双喜临门啊！

牙刷：什么叫情场得意，赌场失意啊！

（红红伴娘打扮，跑上。）

红红：来了，来了，新娘来了。

（众人两侧分开站好，莉莉着前卫婚纱上。）

众人：真漂亮！

莉莉：我的耳环找不到了！谁看见我的耳环了？

摄影师：来吧，来吧，人到齐了没有，照相吧。

莉莉：我的耳环少了一个，是钻石的！

黑子：先照相吧。

莉莉：我不是说了吗？我的耳环不见了，没有耳环我怎么照相？！

恋爱教授：这就是我说的——新婚夫妻的第一次争吵。看着，两人的胜负将决定他们以后在家庭中的地位。

（红红总是往马路身旁边站，马路躲开她。）

黑子：我错了，一会儿我就陪你去买新的。

（黑子和莉莉回到队伍中。）

摄影师：好了，好了，注意了，看这里！乐一点！

（众人站好，注视摄影师，作出夸张的笑脸。）

（音乐起）众人合唱：

这是一个物质过剩的时代，

这是一个情感过剩的时代，

这是一个知识过剩的时代，

这是一个信息过剩的时代，

这是一个聪明理智的时代，

这是一个脚踏实地的时代，

我们有太多的事情要做，

我们有太多的东西要学，

我们有太多的声音要听，

我们有太多的要求要满足。

爱情是蜡烛，给你光明，

风儿一吹就熄灭。

爱情是飞鸟，装点风景，

天气一变就飞走。

爱情是鲜花，新鲜动人，

过了五月就枯萎。

爱情是彩虹，多么缤纷绚丽，

那是瞬间的骗局，太阳一晒就蒸发。

爱情多么美好，但是不堪一击。
爱情多么美好，但是不堪一击。
（镁光灯一闪。众人迅速收起笑脸，快速跑到舞台一侧。）
主持人：为了迎接新世纪的到来，我们建造的世界上独一无二的大钟已经胜利完工，它巍然屹立，坚不可摧，体现着人类的智慧和力量。为大钟发行的彩票奖金已经累计达五百万元。奇迹今天就要发生，奇迹此刻就要发生，现在有几亿双眼睛在注视着我们，注视着这里，看着这奇迹怎样一分一毫地靠近，我们的世纪大奖将会降临到谁的头上呢？谁将是新世纪的幸运儿？！
市民 A：如果我得到了这笔钱，我会在家乡盖一座世纪希望小学。
市民 B：如果我得到这笔钱，我全部用于在新世纪和外星生物建立联系。
市民 C：为大气污染贡献我的微薄之力。
市民 D：全部用于还债。
市民 E：买钻石耳环！
市民 F：出国。
市民 G：买房。
市民 H：全部买成伟哥。
（鼓声大作。）
主持人：奇迹，我们来迎接奇迹吧。
（屏幕上号码闪动，终于停在一个号码上。马路从人群中跳出，慢慢走到高处。众人都仰首呆望。）
马路：要相信奇迹。（举起手里的彩票）
（众人欢呼。马路的朋友们狂喜地尖声叫着。）
黑子：是马路，是马路！
莉莉：我们都有好日子过了！
大仙：我是经过概率计算的！
红红：我爱你！
牙刷：什么叫情场失意，赌场得意呀！
黑子：我也要失恋！
主持人：幸运儿，你叫什么？

马路：马路。

主持人：恭喜你。

马路：谢谢。

主持人：经过公正处的确认，马路的彩票有效，身份无误。五百万元现金当场奉送！

（马路在众人欢呼声中接过箱子。）

主持人：我可不可以请问您，您准备用这笔钱做什么？

马路：钱本身对我来说没什么用处……

黑子：给我！

马路：其中的十分之一，我答应过要分给我最好的朋友……

（黑子，牙刷，大仙欢呼。）

马路：……犀牛图拉，给他买一只非洲母犀牛作伴。

主持人：这倒是个不俗的主意，其他的呢？

（马路没有回答，突然提起装钱的箱子狂奔起来。）

众人：他上哪？他要上哪？

主持人：跟着他，摄影机跟上来。

大仙等：马路！等等！

红红：我的鞋，我的鞋掉了！

莉莉：谁踩了我的裙子！

众人：他要到哪儿去？

A：把钱藏起来！

B：躲避要债的？

C：躲开借钱的！

主持人：（边跑边说）他已经跑过了五条大街，把众人甩在后面，从他的体力和跑步姿势来推断，有专家怀疑他是一个前马拉松运动员。关于马路的背景资料我们正在努力收集。马路现在拐进了一条小巷，来到一座楼前，他上楼了……

马路：明明，开门，是我，我是马路！明明！

主持人：（激动地）他在敲门，他在叫一个人的名字！

（众人纷纷追来，气喘吁吁。）

马路：明明吗，听得见我吗？我是马路，开门啊！我对自己说如果我能让你幸福，我就决不会离开你，也不会让你离开我，我已经准备了很久，学了电脑，英语，上完了恋爱训练课。现在，我终于有了足够的钱。

明明，钱没有用处，它能让你快乐才有用处。它们都是你的！

（众人欢呼。）

主持人：明明是谁？明明是谁？快，背景材料！

马路：你们欢呼什么？你们在为什么欢呼？我的心欢呼得快要炸开了，可我敢说我们欢呼的不是同一种东西！相信我，上天会厚待那些勇敢的，坚强的，多情的人，如果你们爱什么东西，渴望什么东西，相信我，你就去爱吧，去渴望吧，只要你有足够强大的愿望，你就是不可战胜的！明明，我要给你幸福！谁都没有见过的幸福！

（明明出现在窗口。）

明明：我不要。

主持人：她说什么？她说什么？我听不清。

明明：你有钱，别人也有钱，我为什么要你的，何况你要的东西我不想给你。

马路：不，我不要你任何东西，我要给你东西，我要给你幸福。

明明：谢谢，你还是自己留着用吧。

马路：什么？你在说什么？

明明：我说我不要——你的钱和你的幸福。

马路：为什么？

明明：你还是用这些钱做些能让你高兴的事情吧。

马路：能让我高兴的唯一的事情就是你！

明明：那我就更不要了。

马路：为什么，别跟我说你不需要钱，你不喜欢钱，你可以为了钱去做别人的情妇，这些钱有什么不同？

明明：我就是不要你的钱，你能强迫我吗？我愿意当婊子挣钱跟你也没关系，我就是受不了你那副圣人似的面孔，我不爱你，我不想听见你每天在我耳旁倾诉你的爱情，我不想因为要了你的钱而让你拥有这个权力，听懂了吗？

（明明从窗口走开。）

马路：那我要它还有什么用？

大仙：别听她的！如果有人天生这么下贱，把别人的好意当狗屎，最好的办法就是你也拿他当狗屎。

牙刷：对！她跟本是个不值一提的女孩，就是现在她能赌咒发誓地说她爱你，都不能信她，何况她这种态度！

马路：所有的气味都消失了，口香糖的柠檬味，她身上的复印机味。钱包的皮子味，我的鼻子已经闻不到任何东西。我开始怀疑自己，怀疑我对她的爱情，怀疑一切……什么东西能让我确定我还是我？什么东西让我确定我还活着？——这已经不是爱不爱的问题，而是一种较量，不是我和她的较量，而是我和所有一切的较量。我曾经一事无成这并不重要，但是这一次我认了输，我低头耷脑地顺从了，我就将永远对生活妥协下去，做个你们眼中的正常人，从生活中攫取一点简单易得的东西，在阴影下苟且作乐，这些对我毫无意义，我宁愿什么也不要。

黑子：傻瓜。

马路：（对窗内）明明，我知道这些钱对我很多，对另一些人则很少，但是有一点他们不能跟我相比，我可以为你放弃我所有的，而他们不能。

（马路说完，轻轻把提箱放下，下场。）

（众人呆看他，突然围拢在提箱前。）

选自《柔软》，中信出版社，2012 年版。

▶ [作者简介]

廖一梅，编剧，1992 年毕业于中央戏剧学院戏剧文学系，现为中国国家话剧院编剧。另一重身份是导演孟京辉的搭档、学妹、妻子、孩儿他妈。其编剧的话剧《恋爱的犀牛》成为近年小剧场戏剧史上最受欢迎的作品，剧本收入《先锋戏剧档案》一书。电影《像鸡毛一样飞》获香港国际电影节费比西影评人大奖，其他作品包括音乐话剧《琥珀》、儿童剧《魔山》等，长篇小说《悲观主义的花朵》。

[思考与练习]

1. 关于戏剧剧本，除了台词，你觉得还有哪些内容是不可缺少的，为什么？

2. 谈谈你对流行音乐的认识。

3. 你对罗大佑有怎样的认识，请试着说明。

4. 分组排演《恋爱的犀牛》。

第五单元

诗情

SHIQING WUYUN

舞韵

诗情与舞韵

■ 资华筠

我挚爱中国的民族舞蹈，我也爱中国的古典诗词。当我在民族舞蹈这片神奇的土地上耕耘的时候，常常把古典诗词当作浇灌它的清泉。

不同种类的艺术相隔又相通，不论是从事哪一门艺术工作的人，恐怕对此都会有所了解、有所感触。我自少年时代——还未进入舞蹈领域之前，就曾读到过《礼记·乐记》上的这几句话："诗，言其志也；歌，咏其声也；舞，动其容也。三者本于心，然后乐气从之，是故情深而文明，气盛而化神，和顺积中而英华发外，唯乐不可以为伪。"那时候，从这深奥的语句中，我朦胧地感到诗、乐、舞的关系，要比其他艺术之间的联系更为密切。直至我在舞蹈和音乐上有了些许的造诣以后，对这几句话才有了更为真切的体会——诗歌、音乐和舞蹈在人的内心深处常常融不成一体，它们是同源的水脉。

我常常感到短短几分钟的舞蹈，真像一首诗和一阕词，它的高度浓缩与铺张，它的空灵感，它的内在的气韵，都无一不和古典诗词相关相连。它们都从内在的情、气而生，表现为外在的神、韵。而贯穿于我们民族文化传统之中的魂魄，更是一切民族艺术生命之内核。

那凝练、隽永的古典诗词，有时可直接化作乐和舞。我幼年时曾读过张若虚的《春江花月夜》，长大后也很爱吟诵其中绝美的诗句："江天一色无纤尘，皎皎空中孤月轮。江畔何人初见月？江月何年初照人？人生代代无穷已，江月年年只相似。不知江月待何人，但见长江送流水。"稍有阅历以后，便渐渐能体味其中情思的缱绻与惆怅，聚的短暂与别的长久。直泻的月光，直泻的江水和直泻的思绪常把我带到一种向往与追求之中。待到接触了与这首诗同名的古乐和舞蹈后，我便时常忘记了投入的是诗、是乐，还是舞的意境。艺术的不同媒介——语言、音响和姿体在那种淡雅而朦胧、瑰丽而纯净的情韵中消失了它们的差别，交织着青春的美好和人生的离别之情的诗、乐、舞凝聚在我心中……

　　大约与重新体味《春江花月夜》同时吧，北京师范大学中文系的大学生想把屈原《九歌》中的《湘君》、《湘夫人》编成舞蹈，约我去给他们当舞蹈指导。那时候我正在北师大中文系业余学习文学，屈原的《九歌》是读过的。但我一开始，只是局限于所谓"人神恋爱"的祭歌的理解。当我的文学老师——也就是我的舞蹈学生们把这两首诗谱成了曲，需要我帮助设计舞蹈动作时，我才开始了对这两首诗的认真揣摩。诗用语言把湘君、湘夫人的内心活动和外部行为作了具体的描述，而乐与舞却要把那些具体的描述诗化。渐渐地，这所有的一切化作了一种真切的感受；执着而狂热的追求，被失败激起的更加坚定而专一的新的寻觅，耐心而炽热的长久等待。我忽然悟出湘君、湘夫人那深刻、真挚的情爱和勇敢狂热的追求，渗透着超越于历史的人生美学理想。在人生的旅途中，似乎时时能体味到这狂热的追求、向往、躁动，可望而不可及的惆怅以及由此进一步激起的那一次又一次的冲动……直至当你忽然感到那"目标"近在眼前时，反倒生出一种难以名状的失落感，于是一切又将重新开始——心中升起一个更高的目标……这不正是我们整个民族奋斗的历史的写照吗？这不也正是每一个为崇高理想去献身的人必然要经历的思想过程吗？于是，我再也不能把这次舞蹈改编只看作是搞一个新年晚会的文娱节目，而是严肃地为准确再现一个生动而丰满的形象投入了创作，并且感受到一种新的充实。

　　对《春江花月夜》和对《湘君》、《湘夫人》的这种体验，使我进一步懂得了什么是"意境"。王国维的《人间词话》说："境非独谓景物也。喜怒哀乐，每人心中之一境界。故能写真景物、真感情者，谓之有境界，否则谓之无境界。"诗是如此，舞又何尝不是如此！

　　我为寻觅某种舞蹈意境而读诗词，又常常在诗词中找到我须臾难离的舞蹈，触发起某种创作冲动。张衡的《七辩》有这样的句子："曳罗毅之舞衣。"袅娜纤巧地描写了舞姿，甚至可直接化作舞蹈。而杜甫的《月夜》："今夜鄜州月，闺中只独看。遥怜小儿女，未解忆长安。香雾云鬟湿，清辉玉臂寒。何时倚虚幌，双照泪痕干。"这首诗似乎完全是静态描写，却传达出战争将亲人两地隔绝的无限思念之情和对和平环境和幸福相聚的美好憧憬，此情此境，难道不可以转化为舞吗？动中有静，静中有动——诗与舞又何等的接近啊！

读诗在我的舞蹈生涯中成为了一种"功课"，可谁又曾想到那些"诗仙"、"诗圣"的名篇佳作竟充当过我儿时的"起床号"、"催眠曲"？

清晨，我赖在床上不肯按时起身去"幼稚园"，母亲出现在房门口，操着江浙口音吟诵着"春眠不觉晓"，她刚读出第一句，我就从被窝里蹦出来，用飞快的速度，抢着喊出后三句。于是睡意顿消，后面的"生活程序"就自然而然地顺畅起来。一想到孟浩然的名诗竟被如此地"使用"过，不免感到对伟大的诗人有些失敬。但是，从某种意义上，却恰恰说明上口的好诗，即使对于尚未识字断文的幼儿，也有着强烈的吸引力。

大约正是这种吸引力，使母亲得以对我这个顽童实施中国古典诗词的启蒙教育。她的教授方法很简单，只要求复述和背诵，并不急于讲解。我呢？居然能顺从地饶有兴味地一首一首背下去……以后，过了很久，长大了——尤其是从事于民族舞蹈之后，我才渐渐反刍那其中的神韵和魅力。

反刍无疑是快乐的，但也常常令我苦恼。譬如，每当忆及"昔有佳人公孙氏，一舞剑器动四方，观者如山色沮丧，天地为之久低昂"，便有一种自惭形秽之感。这种感觉长久地折磨着我，却又使我由不安、不甘而变成感奋和进取。于是苦恼与快乐便常常交织在一起。正是在这种不懈的努力之中，我越发地体会到"功夫在诗外"的深意。于是越发自觉地探索起诗情与舞韵的内在联系。

诗情与舞韵似乎都是只可意会，难以言传的，探索其内在的联系也常常会感到抓不住、摸不着，可它又无所不在。

读诗常使我在细微之中见其博大，在空泛之中体味充实，在渺远之处望到切近。古代诗词常引起我无限的联想。当我怀着不同的情感去品味它时，它总会给我一种异样的、新奇的感受，持续地造化着我的性灵。

舞蹈演员练功的口头禅是："外练筋骨皮，内练一口气。"这当然不只是指气口——呼吸，更为重要的，也更难掌握的是内在的气韵和精神。这往往与一个人本身的气节、气质密不可分。随着年龄的增长，我自然而然地偏爱起富于哲理而又重气节的古典诗词，渴望借以陶冶心境。

艺海无边，学无止境。每个潜入艺海的人都希望自己探得深一些，游得远一点。而一个人在历史的洪流中又是那样渺小，难以自我驾驭。一个艺术家在其一生中究竟能做成些什么？才能固然并非无谓，但我认为最终却取决于他本人对人生境界的追求——这是才能的摇篮。从这个意义上，我要格外地感谢得"气"于我们中国的古典诗词。它岂只是滋育着舞魂，分明是在铸造着心灵。所以无论悠远的民族文化传统是宝藏还是"束缚"，这口"气"是永远不能失去的。

选自《古典文学知识》，1987年第6期。

▶ [作者简介]

资华筠，女，生于1936年，汉族，原籍湖南。中国艺术研究院终身研究员，中国艺术研究院学术评议委员会副主任，国家非物质文化遗产保护工作专家委员会副主任委员，第五届—第十届全国政协委员。2012年荣获中国舞蹈"荷花奖"、中国舞蹈艺术终身成就奖。2014年12月9日在北京去世。资华筠的首演代表作有：中国第一个取材于敦煌题材的女子双人舞《飞天》，还有《孔雀舞》（领舞）、《白孔雀》（独舞）、《思乡曲》、《长虹颂》和深受青年人喜爱的三人舞《金梭与银梭》等。

以形写神气韵生动——舞剧《水月洛神》观后感

■ 欧阳逸冰

曹植在《洛神赋》中，塑造了一个绝美如仙、圣洁如神的宓妃形象，抒发了对她无限真挚的倾慕和可望不可求的爱恋……人们都知道，这未必就是隐喻他对甄后（嫂嫂）的恋情，而是用这种人神相隔的爱情，曲折隐晦地表达了一种政治诉求，"虽潜处于太阴，长寄心于君王"，希冀兄长曹丕（魏文帝）能够由此看到他依然在守望着骨肉之情，看到他那"闲居非吾志，甘心赴国忧"的报国之心，甚至飘忽地奢望着，终有一日能打破猜忌的阻隔，得到信任。

然而，艺术不是历史。创作《水月洛神》的艺术家们宁肯用"传讹"中凄美的爱情故事，重新解读魏晋时期大诗人、大才子曹植的内心世界，为我们塑造了一个那个时代"人的觉醒"（《美的历程》）的崭新形象。

无论是曹操的"对酒当歌，人生几何"，还是曹植的"人生处一世，去若朝露晞"，并非是张扬人生苦短，及时行乐的没落情怀，而是"人对自己生命、意义、命运的重新发现、思索、把握和追求"。所以才有曹操"烈士暮年，壮心不已"的老骥长嘶，才有曹植"捐躯赴国难，视死忽如归"的少年雄志。《水月洛神》的编导由此开掘而去，在清晰地勾画出曹植命运变化的轨迹中，揭示了作为艺术形象的曹植的思索与追求。而剧中曹植的命运轨迹，却都是由曹丕的"一步，一夺，一占，一刺，一上"的链接中勾画出来的。

先看"一步"：在两汉风格的鼓阵中，以铿锵鼓点为激昂节奏，曹植兄弟的双雄对舞，不禁令人神往那"白马饰金羁，连翩西北驰……仰手接飞猱，俯身散马蹄"的风发意气……然而，在对舞一开始，曹丕就舍我其谁地跨前一步，毫无顾忌地占据领尊之位，显露了其必将突破手足之情的阴鸷心机。对比之下，曹植则依然憨实地劲舞，袒露自己的飞扬无羁、蓬蓬勃勃的神采。正是以曹丕的这一步为起点，灵魂中的"霸道"与灵魂中的"王道"开始了激烈的撞击。

再看"一夺"：当上赐宝剑时，单纯阳光的曹植毫无禁忌地伸手欲接。瞬间，曹丕飞快地从曹植手下抓住剑柄，夺过宝剑，高高地举起……这是阴鸷利用坦荡的不设防取得的胜利，使曹植由此向着政治困境滑去——"利剑不在掌，结交何须多"。

三看"一占"：曹植兄弟效命疆场，百姓只能"寄身于草野"。令曹植惊叹的是，在战乱之中，竟然听到了悠扬的古琴声声。循声而去，他见到了凛然拨弦的美人甄氏。摒除了血腥和哭泣，在他的眼前只有甄氏美丽的光环，那是一种不可向迩、不可亵渎的美。他凝神伫立，继而，捧起丢弃在废墟中的古琴，怀着对美的珍重和敬仰离开了。甄氏仿佛是在乌云缝隙中见到了阳光……与此相对比的是曹丕，他挥剑刺去，接连打开六道大门，斩杀了在场所有的百姓，得到了他最得意的战利品——甄氏。前者是对美的珍重和敬仰，后者则是对美的粗暴和占有。两种取向、两种心态的差异，孕育着双方的灵魂的碰撞。

继而是"一刺"：在庭宴上，曹植第二次见到甄氏，她已经是哥哥炫耀的战利品了，并且穿上红袍，成为了甄后。两人相见，两目相触，两心相知，绵绵不尽的情意无以言表。"苍蝇间白黑，谗巧令亲疏"，宫人们的蜚短流长，越过了宫墙，沸沸扬扬。曹丕拔剑刺向亲弟弟曹植，威权刺穿了骨肉情怀的最后一层薄纱，什么美的追求，爱的向往，统统被剑刃的寒光湮没了。曹植只能"忽不悟其所舍，怅神霄而蔽光"了。

最后是"一上"：曹丕踏上红地毯，登上了权力的高台，被贬斥的曹植孤独地抱着古琴漂泊，怀着对多舛命运的惊悚和困惑，走向那不知所终的去处……

然而，曹植丧失的是政治命运，对至高至善的美的追慕、求索与向往，他是永不停歇的。于是有了结尾的际会洛神，宓妃与甄后合一的洛神，"竦轻躯以鹤立，若将飞而未翔。践椒涂之郁烈，步蘅薄而流芳……"对此，他将"超长吟以永慕兮，声哀厉而弥长"，美的光芒终将穿越短促的生命。

《水月洛神》就是这样，用简洁、准确而又优美的肢体语汇揭示出主人公曹植命运的悲剧性演变，是谓"以形写神"。在曹植的命运衍化中，他的精神世界是凄凉而又美丽的，政治利剑斩断了他

的报国之志，却不能阻断他对美的发现与构建。正如德谟克利特所说："永远发现（发明）某种美的东西，是一种神圣的心灵的标志。"也如舒婷所说："理想使痛苦光辉"。这就是《水月洛神》的主创以当代人的视角去解读了这位诗人在那个时代的"人的觉醒"。

李泽厚先生对"气韵生动"做过精辟的阐释："就是要求绘画生动地表现出人的内在精神气质，格调风度"。同样，作为戏剧舞台艺术，在演出的每一个瞬间，或流动或静止的舞台画面都应该是在揭示"人的内在精神气质，格调风度"。为此，导演做了匠心独运的构思。

首先是水与月饱含着令人玩味不尽的意蕴。开幕那高悬的半个月球断断续续地滴下"朝露"，荡起涟漪，积出潭水，流逝而去……忽然水从天降，犹如飞瀑直泻，曹植迎接着似水年华的命运雕塑……在曹植第一次见到甄氏时，圆月格外皎洁，甄氏拨动的琴弦鸣响在曹植的心中，使人们忽然产生了飘离呻吟与哭叫的战火，升腾到和平生活本该有的那种梦境的感觉，高洁，清雅……当曹丕发现甄氏时，本来皎洁的圆月被黑影侵蚀了一牙……随着曹丕用利剑逐一打开六道大门，直逼甄氏，将手臂搭在甄氏的肩头，那圆月也逐渐由半蚀而全蚀了。这意味着甄氏的悲剧命运？意味着曹植的黑暗岁月的来临？意味着美的被亵渎？尾声，孤愤的曹植在洛水边际会女神，那一轮圆月映照着他与她在水月之间，自由地、尽情地、激昂地享受着美的创造……而那水，由滴下的"朝露"而产生涟漪，产生流水，产生直泻的飞瀑，产生烟波浩淼的洛水，载着这段凄美的爱情故事，载着诗人曹植的梦幻追求，直向遥远的后世……月是亘古不变的空间，水是转瞬即逝的时间。千秋之月永悬夜空，阅尽人间的悲苦和美好；万代之水长流大地，卷去尘世的破碎与梦想……

其次是十二块墙体的妙用。这些墙体，正面隐约可见汉代的石刻图案，背面则是明亮的镜子。其自由的流动，任意的组合，巧妙的翻转，时而显示宫廷的森严，时而切割着曹植狭小的空间，时而流动着宵小们的流言，时而充作甄氏与流民的护围，时而张扬着曹丕的威权，时而又形成扑朔迷离的曲折小路，令曹植的苦苦追索愈加困顿。而所有的翻转又都无不映照出人世的魅惑与真诚，饱含着道不尽的人生况味。

最应赞赏的则是导演在男女主人公情感最纠结的节点上，大胆地停滞瞬间的时空，把曹植内心最隐秘的幻觉展示出来，让生活的"本该如此"与"竟然如此"形成鲜明的对照，使火热的追求与冷酷的现实产生无情的碰撞，从而直观、形象、生动地揭示了曹植与甄后平静背后的汹涌无尽的情感波澜，揭示了他们的"内在精神气质，格调风度"。

以洛神为题材的作品并不罕见，但是，令人耳目一新的《水月洛神》脱颖而出，的确值得热情地鼓励和深入地研究。

选自中国艺术网，2011年3月18日。

▶ [作者简介]

欧阳逸冰，生于1941年，中国动画学会副会长，国家一级编剧，原中国儿童艺术剧院院长，中国作家协会会员。曾任大型动画片《哪吒传奇》文学顾问、《小鲤鱼历险记》总编剧兼文学顾问、《小卓玛》总编剧、《美猴王》艺术顾问、《晶码战士》文学总顾问。

新中国舞蹈的创始人吴晓邦

■ 冯双白

　　吴晓邦 (1906—1995)，20 世纪中国新舞蹈艺术的开拓者、播火者，是当今中国舞坛公认的新舞蹈艺术的一代宗师。曾任第二、三、五、六届全国政协委员，中国文联全委，中国舞协主席，中国艺术研究院舞蹈研究所所长等职。

　　受革命浪潮和五四新文化影响，他三赴日本学习芭蕾舞和现代舞。回国后，"为人民、为大众、为人生而舞蹈"的艺术主张和奋力实践，犹如一股清风吹遍神州大地。其间，他创作了一系列脍炙人口的作品，其中群舞《游击队员之歌》和自编自演的独舞《饥火》被确认为中华民族 20 世纪舞蹈经典。

　　新中国成立后，他的主要精力用于教学、理论研究和组织领导工作：组建中国舞协、创办《舞蹈》杂志；创办集教学、创作、演出于一体的天马舞蹈工作室，致力于中国现代舞及新古典舞的探索；在中国艺术研究院创建了全国唯一培养舞蹈硕士、博士研究生的舞蹈系；他勤于笔耕，为舞蹈学科的理论建设著书立说，出版作品数百万字，主要著作有《舞蹈新论》、《舞蹈概论》、《吴晓邦论艺录》、《舞蹈学研究》等。

　　如果说到中国当代舞蹈，人们一定会提起吴晓邦的名字。如果说到新中国舞蹈的创始人、奠基人、开路人，人们必须提到吴晓邦！这个名字，与中国近代以来的舞蹈艺术革命联系在一起，更与党所领导的轰轰烈烈的人民民主革命联系在一起，与 20 世纪中国舞蹈经典艺术作品联系在一起。

从经济到舞蹈　奇特的人生起步

　　吴晓邦，原名吴锦荣，原本是一个贫穷人家的孩子，从小过继给江苏太仓一个同姓的大户人家当养子，养父为他取的名字叫吴祖培。太仓，是江南地区一个地理位置十分重要的地方，从明清时代起这里就是官府的粮食基地，号称"第一粮仓"，"太仓"即由此得名。这里水陆货运都十分发达，人们的思想也非常活跃。在太仓，有当时江南地区最大的道观，每逢年节或有重大的事情发生，那里都要举行盛大的道教仪式表演。道观里的老道长是一个非常好的鼓手，能歌善舞，影响很大。每次一听见道观里传来的鼓乐之声，吴晓邦都会跑去观看。道观里的仪式表演，好听的歌唱，精巧神秘的手势和舞步，道士们表演时所穿着的绣着八卦图案、丹顶仙鹤、青松翠柏等图样的服装，无不深深地吸引着他。或许就是在那一刻，艺术之神在吴晓邦心中埋下了第一颗种子。

1929年春天，他被养父送到日本留学，主攻经济学。然而，在日本明治维新思潮的引领下，更受到孙中山等革命志士的深刻影响，吴晓邦开始有了民主与革命的意识，并且开始在艺术领域里体验新生活。那个时期，欧美现代舞艺术刚刚传入日本，吴晓邦因为崇拜肖邦音乐中澎湃的民族主义激情，便自己做主改名为吴晓邦。

应该说，真正影响了吴晓邦一生职业选择的，是他在日本早稻田大学的大偎会堂里看过的一场舞蹈演出《群鬼》——一个表现因社会不平等而造成的冤屈之情的舞蹈。它让吴晓邦感到了极为强烈的心灵震荡。他几天几夜不能入睡，作品中对于社会上的不公和人世间的矛盾所作的揭露和批评，让吴晓邦看到了艺术改造人生的伟大力量！

于是，像鲁迅弃医从文一样，吴晓邦放弃了经济而专攻舞蹈艺术。

新舞蹈艺术　伟大的创作道路

1929—1936年，吴晓邦曾经3次赴日本留学，深入地了解德国表现主义现代舞的理论与技术，并且受到美国现代舞蹈家伊莎多拉·邓肯思想的极大影响。这一时期，他开始了舞蹈艺术创作活动，大多数作品抒发着他在人生体验上的情感苦闷，非常艰难地探索着中国舞蹈艺术的创作之路。《奇梦》、《拜金主义》、《傀儡》、《和平的憧憬》等作品，已经明显地和社会现实连接沟通。那时，吴晓邦的舞蹈创作很少得到人们的理解和认同，因为，从中国封建社会几千年的历史传统上看，从飘逸轻柔之风占据了主导地位的"女乐"艺术来看，吴晓邦，一个大男人，跳着如此奇特的表现现实生活的舞蹈，实在是太另类了，更何况又是并不华美的、总是在表现人生中的苦难与矛盾的舞蹈！在那个年代里，我们已经无法说清吴晓邦到底经受了多少白眼和非议，经受了多少嘲讽和波折，在周围一片娱乐歌舞和西方传来的带有色情意味的舞厅表演之中，吴晓邦却把自己的眼光投放到社会的最底层。恰恰是在这样孤掌难鸣的情形之下，吴晓邦真正开创了中国现代舞蹈史上的崭新一页——1932年，他在上海四川北路一家绸缎商店的二楼开设了晓邦舞蹈学校。这是中国现代舞蹈史上第一所教授舞蹈艺术创作和表演的学校。他培养的第一个学生就是后来成名的电影演员舒绣文。1935年，吴晓邦举办了第一次个人舞蹈发表会，即现在的作品专场晚会。这也是中国几千年历史上举办的第一次舞蹈作品晚会。同年，他建立了"晓邦舞蹈研究所"，这也是中国现当代历史上第一个专业的舞蹈研究机构。

1937年9月，吴晓邦在党的号召下，参加了上海救亡演剧四队，这成为他艺术生涯中最大的转折点。吴晓邦在《我的艺术生涯》一书中这样回忆自己从个人情感宣泄到投奔社会洪流的过程："过去几年里，我完全沉溺在个人的舞蹈活动中，几乎与世隔绝。但是这燎原的战火像在焚炙着我的心，激我走出那艺术桃源，奔向抗日行列。"

吴晓邦把自己所开创的这条全新的舞蹈艺术道路，命名为"新舞蹈艺术"。其宗旨是关注现实，关注百姓，关注人的真实境遇和情感；其口号是"为人生而舞"！他在这条道路上，不气馁、不退缩、不回头，勇敢地坚持了一生。

吴晓邦的舞蹈作品在整个中华民族求民主、求解放的历程中留下了自己的印记。其中，代表性作品有《送葬曲》、《傀儡》、《义勇军进行曲》、《游击队员之歌》、《丑表功》、《思凡》、《饥火》、《流亡三部曲》等。

在吴晓邦的作品中，《义勇军进行曲》是脍炙人口的。1937年9月，他随上海救亡演剧四队到达江苏无锡。日本侵略者们的滔天罪行和中国百姓的爱国激情让他夜不能寐。在抗日烽火点燃的中国大地上，人们到处都在传唱着一首歌："起来，不愿做奴隶的人们，把我们的血肉筑成我们新的长城……"一次，在抗日宣传演出过程中，吴晓邦被这激情燃烧的歌曲和歌词激发出灵感，就现场根据这首歌编排了舞蹈动作，并向剧团的一个同志借了一件深色上衣、一条黑色裤子和一条腰带，赤脚冲上了表演场地。他的动作是那样孔武有力，从中国武术散打中借鉴的冲拳、踢腿以及呐喊式的仰头问天动作，深深感染着在场的每一位观众。

观者们流出了激动的眼泪，并随着吴晓邦的舞蹈动作而高唱起来。从此，舞蹈《义勇军进行曲》和吴晓邦的名字，传遍了弥漫着抗日烽烟的中华大地。哪里有抗日的旗帜，哪里就有吴晓邦，哪里就有他的抗日舞蹈，就有抗日的动员，就有抗日的激情在传播。《义勇军进行曲》是新舞蹈艺术最著名的开山之作，吴晓邦在任意一个场地上都能进入狂热的艺术表演状态，他成了一个时代里舞蹈艺术的代表形象。

《傀儡》的创意是吴晓邦在日本的时候产生的。那是在1931年"九一八"事变发生之后，日本占领了中国东北三省，扶持逃亡于此的清朝末代皇帝溥仪当了所谓的"满州国"皇帝。身在日本的吴晓邦听到这个消息，既感到气愤，又从内心深处嘲笑这个荒唐的世界。他采用木偶式的僵硬、无生气的动作，表现傀儡对主人的绝对服从。当这个舞蹈在日本的中国留学生中间演出时，大家不仅深深地佩服他的勇气，而且对作品里那个头戴大大的假面具、半蹲着跨开两条腿、左右晃动脑壳、自觉得意而实际毫无生命的艺术形象，留下了极为强烈的印象。《送葬曲》是吴晓邦刚刚从日本回到中国后创作的一个独舞。他采用肖邦钢琴音乐作为伴奏，表现在黑暗的社会里人们为因受尽折磨而死的人悲伤地送行的情景。1937年，吴晓邦根据贺绿汀的同名歌曲创作了舞蹈《游击队员之歌》。舞台上，游击队员来了！他们身穿灰白色的战士服，手拨草丛，观察敌情，向侵略者射出复仇的子弹。除《义勇军进行曲》等舞蹈作品外，吴晓邦还以中国武术、搏击动作等为基础，配合抗战，创作了《国际歌舞》、《丑表功》等作品，在救亡图存的大形势下曾经起到激荡人心、昂扬斗志的作用，无一不给当时的人民以振奋，以惊醒，以激励！

吴晓邦的新舞蹈艺术活动，受到党组织的密切关注和支持。1941年，吴晓邦和夫人盛婕在陶行知先生家中，受到周恩来同志的亲切接见，并在那一刻，接受了奔赴革命圣地延安的指示。周恩来的风度和明睿给了吴晓邦极强烈的感召。他后来在回忆录中写道："自从这次得到周恩来副主席的接见以后，我感到无限温暖，唯有共产党才是我的领路人。"

正是在这次会见之后，当时被称作"南吴北戴"的吴晓邦与戴爱莲一起，在重庆举行了盛大的联合演出。吴晓邦的《丑表功》、《血债》、《义勇军进行曲》，戴爱莲的《思乡曲》、《哑子背疯》、《东江》，以及他们联合表演的《红旗进行曲》、《合力》等，受到在场观众的热烈欢迎。事后，《新华日报》发表了一篇评论文章，深刻地指出了这场舞蹈演出的意义："民族舞蹈，现在由少数的中国舞蹈艺术家在不断努力中创造建立。今天这样理解它，它不仅是抗战史实的记录者，还是热情的宣传形式。我们非常同意，这种新的舞蹈在不断的努力创造中，一定有它光辉灿烂的前程，与我们新中国的前程一样地向前迈进。"

20世纪40年代，吴晓邦的小型舞蹈艺术创作进入新的时期，题材选择更加广泛，艺术表现深度增加、手法扩展。更难能可贵的是，他开拓了中国舞剧的创作之路。他为新安旅行团创作的歌舞剧《春的消息》，将大自然的季节变幻与革命形势做了巧妙结合，虽然在一定程度上受到黎锦晖儿童歌舞剧创作的影响，但是在立意和表现手法上，却显然带着更加积极的社会意义和艺术创造色彩。吴晓邦的另一舞剧《虎爷》创作于1940年，由新安旅行团在广西桂林演出。该剧分4个篇章讲述了从"旧的生活"、"旧的毁灭"到"新的在孕育中"、"新的现实"的过程，演出后受到广泛赞扬。

《饥火》创作于1942年，描述了一个因饥饿而怒火中烧的人悄悄地跑进了蕃薯地，想找到哪怕是小小的一块蕃薯以便填充自己久已空空的胃。但是，他失望了。正在这时，附近的地主家传来酒宴的欢闹声。他不再找了，他知道自己将要死亡。他聚集起最后的力量，向那朱门酒肉臭的地方发出愤怒的吼叫声，然后砰地倒在地上。作为吴晓邦最重要艺术作品的《饥火》，源自其深刻的人文主义思想和对人民苦难生活的广博同情。表演时，吴晓邦充分利用了动作线条、动作力度、动作幅度等舞蹈表现手段，塑造出一个饥饿难耐、仇恨中烧却最终因为势单力薄而死亡的饥民形象。它是当时现实社会生活的真实写照，又经过高超的动作艺术给予外化，使观赏者潸然泪下。

与之不同的《思凡》，是巧妙利用昆曲艺术传统段子而编创的翻新之作。吴晓邦自编自演的这个舞蹈，一改传统戏曲中因"思凡""下山"而又重新获得幸福的结局，塑造出向往人间美好生活而最终未能超脱的小和尚形象，借以表达他对于封建思想禁锢之严厉的认识。虽然尚在艺术舞蹈开蒙之时，但这个作品却已经非常讲究动作节奏的处理，动静相宜，表情细腻。吴晓邦是中国当代舞剧艺术的创始人和奠基人，功不可没。

舞剧《罂粟花》，1932年2月创作并首演于上海。该剧是吴晓邦创作生涯中的第一部舞剧，也是中国现当代舞蹈历史上最早问世的舞剧作品。全剧通过3幕演出，表达了一种伟大的反战思想。在这部舞剧中，吴晓邦用象征性的艺术手法创作了大地主人、罂粟花、屠夫、狂人等形象。变化成美女的罂粟花，纠集了屠夫和狂人，闯入大地主人的家园，采用诱骗和武力相加的方法，将大地主人打倒。剧情的转折点发生在一群农妇给予了大地主人爱的力量之后，大地主人逐渐苏醒过来，团结起所有的人，把罂粟花、屠夫和狂人赶出家园。这部舞剧的创作，揭露了德、意、日侵略军互相勾结、扩张侵略的罪恶行径，揭示了得道多助、失道寡助的道理和侵略者必败、人民必胜的深刻思想，表现了人类对于和平、美好生活的向往。

大型舞剧《宝塔与牌坊》，是吴晓邦于 1943 年创作的，塑造了一对逃避封建势力对于自由爱情迫害的青年男女。在剧中，高高耸立的宝塔和冰冷无言的牌坊，代表着封建礼教，给人以沉重的心理压迫感。剧中的主人公叫朱云和陆勤。这两个年轻人相互爱恋，却无法抵抗封建势力对于自由情感生活的严词厉色。剧中尖锐的矛盾冲突，揭示了几千年封建社会对于人们感情的控制，对于幸福生活的摧毁，具有一种悲剧的力量。吴晓邦在作品中根据人物性格的需要，借鉴了中国戏曲舞蹈、西方现代舞的动作语言，为准确地表现人物的性格和戏剧冲突，编制了新鲜的舞蹈艺术语言。在他们的背后，紧紧地追随着"宝塔"和"牌坊"，青年男女自主恋爱但遭到封建家族的全力反对。拟人化的宝塔、牌坊像是魔鬼的影子一样缠绕在他们的周围，无论他们怎样挣扎，都无法逃脱漫天的封建大网。最后，在如同大山似的"宝塔"、"牌坊"的重压之下，两颗年轻的心破碎了，停止了跳动。该剧是 20 世纪 30 年代至 40 年代期间创作的最优秀的舞剧之一，也是 40 年代初中国舞剧发展最高水平的体现。

尊称"吴老师" 百年中国舞蹈变革的风向标

吴晓邦虽然荣获过很多荣誉，中华人民共和国成立之后，他先后担任过中国舞协主席、《舞蹈》杂志主编、民族民间舞蹈集成总编等职务，但是在舞蹈界，吴晓邦一直担纲而没有改变过的一个角色却是老师。他对学生孜孜不倦地教诲，被所有的人尊称为"吴老师"、"吴先生"。

吴晓邦写出了第一本中国当代史上的舞蹈理论专著《新舞蹈艺术概论》。在书中，他在中国舞蹈艺术理论中引进了关于动作"空间"、"力度"、"幅度"、"表情"、"构图"、"节奏"、"质量"等具有现代艺术和剧场意识的创作理念与构思方法，使中国舞蹈有史以来第一次有了科学化的分析。吴晓邦在新中国成立后积极响应党和政府的号召，深入农村和偏远地区，搜集整理中国传统舞蹈的多种资料，先后对江西傩舞、山东曲阜孔庙祭祀乐舞等开展深入研究，作出了重大贡献。他在 20 世纪 50 年代创办了天马舞蹈工作室，第一次对古曲和舞蹈的关系进行深入探索，带领他的学生们创作了《春江花月夜》等一批具有学术意义的作品。这样的创作，虽然在当时受到了很多非难，却在 30 年后，也就是改革开放之后，在《仿唐乐舞》等一系列作品中得到了精神上的继承和延伸。所以，尽管也许后来者没有亲眼见过吴晓邦，但还是把他尊称为"先生"。

吴晓邦在他的有生之年，对学生的教诲一直没有停止过。他所开创和主持的鲁艺舞蹈班、东北抗日联军舞蹈活动、四野部队舞蹈活动、新中国中央戏剧学院舞蹈运动干部训练班、中央民族舞蹈团、天马舞蹈工作室、改革开放后的舞蹈艺术复苏运动中，都有他导师般的引领。他在 1982 年开始招收硕士研究生，我和其他 4 位同学有幸随先生学习，深受裨益。这又是中国历史上的第一次！

吴晓邦把他的这种集创作、表演、教学、研究为一体的舞蹈艺术道路，归结为新舞蹈艺术之路。从艺术传播的角度上看，新舞蹈艺术运动是向以德国表现主义舞蹈为代表的西方现代舞学习的结果；从历史实践上说，它是有良知、有才华的中国舞蹈家使外来艺术与本国社会现实生活相结合的产物；从中国百年舞蹈变革的角度看，新舞蹈艺术是五四民主、科学两大旗帜在中国舞蹈历史进程中的反映；从中华人民共和国的历史上看，吴晓邦创建的新舞蹈艺术，与祖国的成长同呼吸、共命运。作为这种新艺术的开拓者、教育者，吴晓邦通过他的努力和辛勤教学，将其推广、传播到全国各地，的确功不可没。

这样的舞蹈艺术，与中国封建社会的舞蹈做了彻底决裂，它不是供达官贵人享乐用的舞蹈，不是为了单纯消遣解闷而跳的舞蹈，更不是在中国封建社会里有很长历史的"女乐"性的那种舞蹈。吴晓邦高高举起了一面旗帜，号召跟随他的学生们，点燃舞蹈的火炬，燃烧起人生的理想。他希望舞蹈作品像一把利剑，剖开社会上的是是非非、善善恶恶；他希望舞蹈像一束光芒，去照见人们过去和未来的道路；他希望舞蹈又像一面镜子、一潭深池，反映出人世间最普通的人那既有欢乐又有痛苦的生活。

把舞蹈当作一种艺术形式，吸取外来的营养，扎根于中国文化的土壤，用中国人熟悉的肢体语言，如武术、戏曲、民间歌舞表演等，表达艺术家心中的认知和批判精神，并且以极大的热情关注现实人生，这就是完全不同于中国古代舞蹈的新舞蹈艺术。

这是中国舞蹈一次本质意义的转变，是中国舞蹈史上一次真正的革命，是中国现当代舞蹈史上第一次有真正意义的男性舞蹈艺术家出现在舞台灯光下，出现在抗敌的前沿阵地，出现在火光与炮声隆隆的前线，出现在新中国成立后红旗飘扬的地方。

吴晓邦是一位人人尊拜崇敬的风范长者。但是，他又像是一个孩子，一生单纯地、执着地向着他所坚持的舞蹈艺术道路前进，甚至有些倔强。

选自《中国艺术报》，2009 年 7 月 15 日。

▶ ［作者简介］

冯双白，文学博士、著名舞蹈理论家和评论家、编剧、大型晚会策划人和撰稿人，现任中国舞蹈家协会副主席、分党组书记，中国艺术研究院博士生导师。先后创作了《咕哩美》《妈勒访天边》《水浒》《玉鸟》《风中少林》《花木兰》《舞台姐妹》多部舞剧，作为策划人参与了中央电视台《舞蹈世界》栏目的开播，并多次担任"CCTV 电视舞蹈大赛"综合素质评委。写作并出版了多部舞蹈学术著作，其中《新中国舞蹈史》《宋辽金西夏舞蹈史》《中国现当代舞蹈史纲》《怎样欣赏舞蹈》等以及与人合作的《中国舞剧史纲》《图说中国古代舞蹈史》等，受到广泛关注和好评。

看香港舞剧《神雕侠侣》

■ 江　东

《神雕侠侣》？舞剧？

没错！金庸那部妇孺皆知的描写杨过和小龙女等一干人物的武侠小说，如今已成为香港舞蹈团的舞剧作品。

把金庸武侠小说搬上舞剧舞台，这的确是个相当新颖而且别致的想法，这样的创作思路在内地好像还不多见。然而在香港，让这新颖而且别致的想法付诸实践却已不是头一回。不得不承认现任香港舞蹈团艺术总监的梁国城在舞剧选题上的慧眼独具，居然在金庸用文字演绎出来的精彩武侠世界中，觅得舞蹈灵感，竟已先后编演过《笑傲江湖》和《雪山飞狐》，并得到金庸本人的高度认可和市场的广泛追捧。因此，当2009年9月4日香港舞蹈团在香港文化中心再次推出武侠系列舞剧《神雕侠侣》时，可想而知市场的期待是多么热烈，一连3天连续5场的演出票竟然全部提前售罄，这样的市场号召力证明了梁国城"系列武侠"舞剧三部曲的创举得到了广大观众的认可和喜爱。

一口气"武侠"了三回，梁国城用"武侠系列"编制的舞剧大餐，到底是怎样一番滋味呢？眼前的舞剧《神雕侠侣》，是香港舞蹈团坚持中国风格而创作的一系列成果中最新的一颗果实。正是这样的选题，让我们看到了梁国城在舞剧选材上的独特视野，他不但敏锐地捕捉到金庸武侠小说对于观众和市场的影响力，同时凭借这样的主题和艺术开掘，将"侠文化"展现在舞剧舞台上，这不啻具有开创意义。

香港可以说是"侠文化"之都。在香港，不但荟萃着一大批像金庸、梁羽生这样的武侠文学巨擘，同时，香港电影业也将武侠文化发展到极致。在世界范围内，武侠文化已经成为香港文化的符号和象征。梁国城能从这里入手进行舞剧开局，可以说觅到了香港舞蹈在艺术战略上的独特发展视角。

从世界文化着眼，以风生水起的侠士情怀及其幻界色彩为表象与内髓的"侠文化"，唯中国所独有，它体现着典型的中华传统文化的意味和意蕴，在文化形态和精神层面均具有十分独特的人文意象，是展现中国传统文化的一个很有个性的切入点，因此香港舞蹈团在金庸的武侠世界中觅得发展生机。在中国范围来看，此举有助于确立香港舞蹈的独特品质；而在世界范围来说，它又可以成为一个表现典型中华神韵的渠道和平台。因此，这样的选择对于香港舞蹈团而言，无疑是一次真谛之探寻。

然而，说起来简单，可真要改编金庸，还是很有挑战性的。金庸武侠世界中那些情节复杂、人物众多、情感丰富的文学形象，如何得以进入舞剧的世界？《神雕侠侣》中的人物有很多，舞剧改编从哪里入手呢？这的确考验着一个舞剧编导在改编文学名著时的眼光和在结构布局上的能力。

梁国城的舞剧《神雕侠侣》没有完全依照小说原著的故事线进行叙述，而是对原著人物及其故事情节采取了大刀阔斧地改编和重组。舞剧完全按照舞蹈叙述的逻辑、方法和优势，主要选取了杨过和小龙女之间的情感纠葛来作为全剧的主线，无论是人物的选取还是场景的安排，均为了浓墨重彩地体现该剧的主题：问世间情为何物？直教人生死相许！

问世间情为何物？这是一道让世间无数男女最感困惑的难解之题，而人世间的饮食男女又有谁不是在努力地用尽终生力气来破解它、感悟它呢？可以说，舞剧《神雕侠侣》的这个主题，是人世间一个永恒的主题。因此，我们看到编导紧紧抓住"神雕"和"侠侣"这两组意象，用上下两个半场，分别以杨过和小龙女的视角，对发生在他们之间的情感过程进行了细致的演绎，其中穿插着大量的相关人物和让人无法忘怀的场景。"情"在这里扮演着极为重要的角色。特别是剧中倒叙的运用，让观众重温了杨过和小龙女早期的情感基础，这为他们日后和情感恩怨埋下了重要伏笔。"情"让他们愉悦，"情"让他们困惑，"情"让他们执着。在叙事上，该剧做到繁简交融、虚实相映，努力突出这个"情"的分量。为了更好地把这份情恣意地抒发出来，编导想出了各种手段和一些崭新的表现手法，于是，观众看到了音乐、舞台设计、灯光、服装、化妆、道具等所有环节，都在这一主题的观照西安，为完整体现"侠骨柔情"所做的文章。通过通篇完整的艺术呈现，那份感人至深的不凡爱情盎然于舞台之上。在表现手法上，剧中道具对于大型纸张的运用和贯穿给人留下极深印象，这让"断臂"、"纸花"、"神雕天降"等场面显得前卫、别致、新颖且十分贴切。此外，舞台设计独具匠心，迷幻的环境和空灵的气氛为该剧主题的展现，提供了精彩而精致的空间氛围。

同时需要提及的是饰演杨过和小龙女的香港舞台团首席演员刘迎宏和苏淑，他们的表演充满了成熟的艺术气质，可圈可点。刘迎宏和苏淑都是内地培养的优秀舞蹈人才，两人在技术上的能力让他们在任务很重的舞剧作品中游刃有余，这当然也与他们在香港舞蹈团这个艺术集体中的长期历练分不开，该团大量的艺术实践为他们的成长与成熟带来绝好机会。《神雕侠侣》中的刘迎宏和苏淑，不但在舞蹈技术上继续着他们技艺高超的表现，同时在诠释原著和编导的表现任务上也显得驾轻就熟，体现出优秀舞者的良好职业素质。刘迎宏饰演的杨过真诚而率性，有一股浓烈的激情充溢于他的胸腔；而苏淑饰演的小龙女感性又灵动，那一份对于爱情的向往和执着让她演绎得细腻而非常动人。由于他们二人相继在该团的一系列大型作品中担纲主角，在香港地区积攒了较高的人气，他们的成功与他们的辛勤耕耘不无关系。

无论是舒巧、应萼定，还是蒋华轩、梁国城，他们都分明感受到香港舞蹈团一脉相承的"融汇中西、舞动香港"的艺术主张。"融汇中西"的理念得以让这个团以自己的地理优势站在中国与西方的文化衔接点上，背靠中国强大而深厚的文化传统去面对世界文化的挑战，同时又能够根据所接受到的最新潮、最前沿的国际文化讯息，发酵自己的艺术思维，让自己的艺术实践平添一份国际化的时代光芒。于是，从舒巧的《黄土地》、《玉卿嫂》以来，一直到今天梁国城的《清明上河图》及"金庸系列"，我们都可以看到香港舞蹈团在追求自我艺术理念的基础上融汇中西的努力和作为，并在实践中渐渐凸显出自己的艺术主张及其风格，而这样的结果，正可以成为"舞动香港"的有力注脚。一直以来，香港舞蹈团始终致力于坚持中国舞蹈文化的建设并卓有成效。香港舞蹈团的实践和发展，让我们看到了中国舞蹈中一个不断进取、不断收获的重要案例。

选自《舞蹈》，2009 年第 12 期。

▶ ［作者简介］

江东，舞蹈学博士，中国艺术研究院舞蹈研究所副所长研究员，中国唯一一位非遗公约国际教官。自幼热爱文艺，13 岁开始正式系统学习舞蹈。专著《印度舞蹈通论》《尼日利亚文化》，英文版《Contemporary

Chinese Dance》，译著《舞蹈创作艺术》《中华舞蹈图史》，合著《图说世界舞蹈》《中国近现代当代舞蹈发展史》《中国舞蹈史》《中国优秀舞蹈名作赏析》等十余种，先后发表百万余字的专业文章。

大爱无疆　大爱无终　大爱无痕——大型舞剧《千手观音》

■ 于　平

　　舞剧《千手观音》虽不是由国家大剧院打造，但它却是一部真正的"大剧院舞剧"——这个"大"，是恢宏场面中漫溢的大智慧，是繁茂织体中湍流的大气象，是奇幻动态中营构的大境界，是丰沛情感中凝聚的大担当……是在"怎一个'和'字了得"的主题深化中，体现大爱无疆，大爱无终，大爱无痕！

手中有眼　心中有光的苦海慈航

　　在一个依赖搜索引擎去认知世界的时代，"千手观音"被点击的第一个回应肯定是张继钢为某年央视春晚的"舞蹈巨献"，而相关的第一个链接也肯定是残疾人艺术团和主演邰丽华。因此，当我得知继钢在潜心创作大型舞剧《千手观音》之时，内心的全部期待都在于他为那个"有意味的形式"能编出一个怎样的"有意味的故事"？在于他给那个"有意味的形式"会带来一个怎样的"更有意味的超越"？！

　　其实，搜索佛教文化中的"千手观音"，你会知道她是阿弥陀佛的左胁侍。佛教的显教认为观音菩萨是阿弥陀佛的弟子，而密教则视其为阿弥陀佛的化身。通过搜索，我们知道"千手观音"又可称为"千手千眼"或"千眼千臂"观音，其中"千手"喻示大慈悲的无量广大，"千眼"象征大智慧的圆满无碍。作为一个直观的形象，许多寺院的"千手观音"常以42手来象征"千手"，当然每一"手"中都有一"眼"。这，其实才是我"全部期待"中的"全部担心"。过去的若干年，我们在漫漫的社会转型中正经历着痛苦的精神重建。这个"重建"的意味是，在既往的"神圣"去魅还俗后，我们如何能在更高的层面脱茧化蝶，向着人之灵性幻化的圣洁之光升腾。

大型舞剧《千手观音》无疑也包含着继钢的某种思考。在潜心的思考中，继钢寻觅到一系列形象的支撑：这一系列形象以"莲"为核心，以"莲"的寻觅为动机，以"莲"的寻觅过程中的人性善恶构织戏剧冲突，以冲突中"善"之化身的执著求索和毅然奉献昭示人世的"苦海慈航"——这便是舞剧的女首席三公主始而请命寻莲以救父王、终而播爱献莲以渡众生……也就是说，这"慈航"始于孝而奔向爱；如果说孝也是一种爱，那么存"渡众生"之念的"爱"就是"大爱"。很显然，继钢以三公主的苦海慈航牵引着他的艺海苦旅，以三晋大地的民间典故演绎着他的"心中之光"。正如场刊上一段很有继钢式言说风格的文字所说："太阳升起，不在东边，不在西边，是在心间！只要心中有光，只要心中有爱，就要播撒温暖。"

巧手连缀　妙体独运的"完形"效应

选择"千手观音"的形象来演绎"心中之光"，在继钢而言肯定不仅仅因为形象的意蕴，而且因为形象所具有的强烈的形式感。这个"形式感"便是那多姿多态、多变多幻的"千手"。毫无疑问，观看大型舞剧《千手观音》，时时会感受到扑面而来的视觉震撼，而其中最令人震撼的便是"巧手连缀"的视觉效应。比如在第四场景《慧心妙悟》中，在横贯舞台的一屏黑色皮筋条带的背景下，近百名舞者在黑屏后用自己的双手穿过条筋的缝隙，在时空错落中表现出妙悟菩提、慧心莲花的"心象"。这"心象"喻说着三公主的"心语"："帮我推开，那一扇美丽的天窗……太阳升起，是在心间！"

更为震撼的，是在十二场景《千手千眼》中。作为三公主普渡众生、脱凡入圣的场景，《千手千眼》是全剧的高潮，而在这一高潮的视象营造中，众多舞者"摩肩接踵"平躺在台面——其实比"接踵"还要绵密，是下一舞者的上身遮蔽上一舞者的下肢，由此以双手营造绵密而充盈的视象。这众多舞者"手中有眼"的双手，在时而划一、时而错落、时而自行、时而交织、时而顿挫、时而连绵、时而摇曳、时而波涌的表现中，让我们联想到千手观音的葡萄手、甘露手、白拂手、杨柳枝手等，让我们联想到千手观音为众生息灾、增益、敬爱、降伏的"普渡"。面对那难以数计的"有眼"之手，我问继钢动用了舞者几多？答复是320人！怎能不令人惊诧与震撼。当几乎绝大多数的寺院画像都以42手来象征"千手"之际，我们的舞蹈却用640只手去表现。想起继钢在潜心创作时常说的一句话，叫做"我们不可能达到完美，我们可能的只是无限地接近完美"！莫非在舞台上无限地接近"千手"也是接近"完美"的一种追求？

面对如此强烈的视觉震撼，你的确会联想到带有明显贬义的"大制作"。我之所以不认同该剧宣传材料中所言"超大型"舞剧的概念，主要在于"制作"是指向非舞者本体的舞台装置；而继钢幻变的巧手连缀与充盈的妙体独运，是基于对舞蹈本体"完形"效应的深度开掘。"完形"是德文"Gestalt"（格式塔）的意译。作为建立在一种心理学流派基础上的视觉艺术研究，"完形"体现出对"形"之"完整性"的强调。事实上，"格式塔"理念中的"形"，是由知觉活动组织和建构成的经验中的整体（不是客体本身），对其"效应"认识的两个基本点：一是强调任何视觉式样的"完形"是独立于其组成要素的全新整体，整体的"结构骨架"比各结构要素占有更重要的位置；二是强调知觉活动在组织和建构视觉式样时，意味着客体的"倾向性张力"与主体的"选择性简化"交流并产生"心物同构"。正是在"完形"效应的自觉追求中，我们才从继钢的潜心追求中看到了舞蹈设计理念的重大突破和独树一帜。

凡圣合一　天人合一的文化理想

在"完形"效应的视觉震撼中，继钢其实还是想寻求一种独特的舞剧叙述。可能是对应着"完形"的理念，他将舞剧《千手观音》展开为12幅既独立成章、又承前启后的画卷，使之既不失线性脉络的清晰，又具有体量对比的反差：可以有第二场景《长路漫漫》中三公主上路、大公主与心腹童子尾随的单纯，也可以有第六场景《寻找莲花》中红蜻蜓在童子的胁迫下带路寻莲、但莲花却落入大公主囊中的繁复；可以有第五场景《逼迫蜻蜓》中无数透明翅翼闪烁的喧闹，也可以有第八场景《天地之爱》中童子被三公主感化而同路寻莲、因疲惫不堪而酣入梦乡的宁静……

在我看来，在三公主脱凡入圣为千手观音的升华中，第四场景《慧心妙悟》和第八场景《天地之爱》是两个关键的环节。分析这两个场景及其在全场中的布局，可以看到继钢潜心追求的精心呈现。首先，《慧心妙悟》是以三公主内心视象外化来构思舞段，"众手"之舞的"完形"效应之所以有效，与这一构思的定位是分不开的；而《天地之爱》作为一段干干净净的双人舞，又是将三公主处于梦乡状态来进行，童子的施动与三公主的被动产生一种独特"双人舞"，形成"凡"与"圣"的鲜明对比。其次，《慧心妙悟》作为"脱凡入圣"的第一层级，是三公主将外在跋涉的寻觅转化为内心寻觅的跋涉；而《天地之爱》作为第二层级的"脱凡入圣"，是以童子之"凡"来观照三公主之"圣"，三公主由"脱凡"的过程成为"入圣"的载体。第三，这两个场景分别在第四和第八场，可以看到它们在全场布局中的节奏性推进，而故事脉络的清晰和性格成长的节奏是舞剧"戏剧性"完美追求的两个重要方面。

在舞剧《千手观音》中，除了"手之舞"的"完形"效应追求外，我们还能看到"完形"理念追求下的蜻蜓之舞、蛇之舞和莲之舞。与前述"巧手连缀"有别，这些舞蹈是以"妙体独运"来组构视觉样式。舞蹈设计大多为拟人化的动植物舞蹈（也可以说是"舞者的物态化"）。我们当然知道，继钢为舞剧《花儿》设计过"羊群舞"、为舞剧《一把酸枣》设计过"驼队舞"、更为舞剧《野斑马》设计过包括"斑马舞"在内的诸多动物舞蹈，但舞剧《千手观音》中"舞者的物态化"追求，却是以"天人合一"的文化理想来包容"凡圣合一"的人生信念。这使得舞剧《千手观音》从"我心即佛"的心中之光，走向"人皆可以为尧舜"的众生普渡。

求卓越的艺术长征

当我惊叹于舞剧《千手观音》博大、繁茂、聪颖和灵慧之时，注意到这是继钢历"七年之孕"而诞生的"足产儿"。熟悉继钢的朋友都知道，他恪守的创作原则是"既不重复别人，也不重复自己的过去"。为此，他要求他的创作团队"借鉴超现实主义和象征主义的创作方法……凸显出寓言般、传奇性、梦幻感的风格"。他期待这部舞剧"看上去更像是一座圣殿，圣殿里回荡着12首颂歌，悬挂着12幅画卷，讲述着至真至善至美的传说"。这12幅画卷，除前文已提及的之外，还有第一场景《请命寻莲》、第三场景《蜻蜓引路》、第七场景《童子归善》、第九场景《驱鬼招魂》、第十场景《得莲救助》和第十一场景《苦海慈航》。在此特别值得提及的是，作为舞蹈形象呈现的境遇，舞剧《千手观音》的舞台美术以"一生二，二生三，三生万物，万物归一"的朴素哲学思想为设计理念，将舞台的能动变化与舞剧的境遇转换、与"完形"理念统领下的视觉语言巧妙融合，使号称"超大型"的舞剧不失其宁静、优雅、精美、别致！

张继钢说，大型舞剧《千手观音》的创作本身是一次历经艰辛、历经磨难、追求理想、追求完美的艺术长征。对此我是确信不疑的。作为此剧进入剧场连排的先睹为快者，我看见在场中端坐的继钢仍是那样不折不扣、不依不饶、不罢不休。在他眼前，容不得一丝紊乱；在他耳旁，容不得半点嘈杂；在他心中，容不得毫厘偏差。因为，他想让人们通过观看，精神得到涤荡，心灵得到净化；想让人们悟觉："千手观音非凡，不是你，不是我，不是他；千手观音平凡，是你，是我，是他。"平心而论，在看过大型舞剧《千手观音》之后，我认为继钢是在进行追求超越并且追求卓越的艺术长征，我认为舞剧《千手观音》不仅实现了"超越"而且登临着"卓越"！我甚至认为我们的舞剧创作在若干年之内恐难以有这样的"大作"问世。写到此，忽然有点诗兴，曰："千瓣莲花千里寻，千年菩提千丈根，千顷苦海千番渡，千秋慈航千古心"。谨以短句题赠继钢和大型舞剧《千手观音》，并对她的成功问世、成功献演、成功登临表示由衷的祝贺！

选自《艺术评论》，2011年第2期。

▶ [作者简介]

于平，生于1954年，江西南昌人。艺术学博士，北京大学兼职教授，北京师范大学兼职教授。享受国务院政府特殊津贴专家，国家有突出贡献的中青年专家，文化部优秀专家。主要著作有《中国古典舞与雅士文化》《中外舞蹈思想概论》《中国现当代舞剧发展史》《高教舞蹈综论》等。

倾听祖先——读《云门舞集》

■ 余秋雨

"倾听我们祖先的脚步声"，我很偶然地从俞大纲先生生前写的一篇文章中读到这句漂亮的话，不禁怦然心动。这句话，是俞先生从美国现代舞大师玛莎·葛兰姆那儿听来的，时间是一九七四年九月，地点是台北国父纪念馆，担任翻译的是葛兰姆的学生、当时还只有二十余岁的年轻小伙子林怀民。我看到了那张照片，年逾八旬的葛兰姆老太太一身银袍，气度不凡，像一位圣洁的希腊祭司，林怀民则白衣玄裤，一副纯中国打扮，恭敬地站在边上。

其实林怀民早就领悟了，他已在此前成立了一个现代舞蹈团叫云门舞集，"云门"是记载中黄帝时代的舞蹈，什么样子早已杳无线索，但这两个字实在是既缥缈又庄严，把我们先民达到过的艺术境界渲染到了极致。林怀民用了它，这两个字也就成了一种艺术宣言，从此，一群黑发黄肤的现代舞者祈祷般地抬起头来，在森远的云天中寻找祖先的脚步声了。

云门在艺术上特别令人振奋之处是大踏步跨过层层叠叠的传统程式，用最质朴、最强烈的现代方式交付给祖先真切的形体和灵魂。这是一次艺术上的"渡海"，彼岸就是贯通古今的真人。云门拒绝对祖先的外层摹仿，相信只有舞者活生生的生命才能体验和复原祖先的生命。云门更不屑借祖先之口来述说现代观念，相信在艺术上搭建哪怕是最新锐的观念也是一种琐碎的行为。云门所表现出来的，是一种在古代话题下的生命释放，一种把祖先和我们混成一体的文化力度。外国人固然也会为某种优美的东方传统艺术叫好，但与他们对云门的由衷欢呼相比，完全是另外一件事了。我认为，云门的道路为下世纪东方艺术的发展提供了多方面的启发。

如果说，就上海文化艺术界而言，今年秋天一件真正的大事是云门的演出，那么就我个人而言，今年秋天一件真正的大事是结识了林怀民先生。很多年了，我不断从港台朋友和外国艺术家口中听到他的名字，而他和他的舞员们又都读过我的几乎全部散文，因此真可谓一见如故了。我们这次谈得很多，但我想最深的交往还是作品本身。感谢他如此堂皇地表达了我隐潜心底的艺术理想，使我能够再一次从身边烦嚣中腾身而出，跟着他去倾听祖先的脚步声。

瘦瘦的林怀民忧郁地坐在我的面前，巨大的国际声誉没有在他脸上留下一丝一毫得意的痕迹。他和他的舞员们始终过着一种清苦的生活，而一到舞台上却充分呈现了东方人从精神到形体的强劲和富足。我想，几千年前，我们的祖先踏出第一个高贵的舞步的时候，也是这样的吧？

▶ ［作者简介］

余秋雨，1946 年生于浙江省余姚县，中国著名文化学者，理论家、文化史学家、散文家。1980 年陆续出版了《戏剧理论史稿》《中国戏剧文化史述》《戏剧审美心理学》。1985 年成为当时中国内地最年轻的文科教授，1986 年被授予上海十大学术精英，1987 年被授予国家级突出贡献专家的荣誉称号，2011 年被授予甘肃联合大学荣誉教授，2010 年起担任澳门科技大学人文艺术学院院长。

［思考与练习］

1. 请找资料，谈一谈对舞剧的认识。

2. 请对梅兰芳做人物评价。

3. 余秋雨写了很多文化散文，其中《文化苦旅》是较为经典的一个，请课下阅读并谈谈认识。

4. 请课下搜集林怀民的资料，并谈谈对他的认识。

附

录

大学生人文素质修养推荐书目

1. 天下第一奇书——《周易》
2. 中国最早的诗歌总集——《诗经》
3. 欧洲第一部文学巨著——《荷马史诗》
4. 史书之祖——《尚书》
5. 兵学圣典——《孙子兵法》
6. 中国最早的哲学著作——《老子》
7. 世界上第一部寓言总集——《伊索寓言》
8. 儒家经典——《论语》
9. 拟圣而作的儒家经典——《孟子》
10. 西方最早的历史著作——《历史》
11. 世界上最古老的数学巨著——《几何原本》
12. 哲学家主宰下的等级社会——《理想国》
13. 希腊城邦国家制度的发轫——《政治学》
14. 自由至上思想的经典之作——《庄子》
15. 世界上流传最广的宗教典籍——《圣经》
16. "千古之绝作"——《史记》
17. 古代原子唯物主义杰作——《物性论》
18. 中国最早的医学著作——《黄帝内经》
19. 中国最早的百科全书——《山海经》
20. 历史上的第一部算经——《九章算术》
21. 千古奇书载地理——《徐霞客游记》
22. 唯物主义和辩证法的代表著作——《伦理学》
23. 民间文学史的一座金字塔——《一千零一夜》
24. 世界上第一部写实小说——《源氏物语》
25. 中国科学史上的坐标——《梦溪笔谈》
26. 把历史当做一面镜子的巨著——《资治通鉴》
27. 传播东方文明的见闻录——《马可·波罗游记》
28. 承前启后的伟大诗篇——《神曲》
29. 射向禁欲主义的一支利箭——《十日谈》
30. 中国第一部长篇白话历史小说——《三国演义》

31. 中国最早以农民起义为题材的小说——《水浒传》

32. 欧洲历代君主的案头之书——《君主论》

33. 空想社会主义的奠基之作——《乌托邦》

34. 自然科学独立的宣言——《天体运行论》

35. 极富浪漫色彩的神魔小说——《西游记》

36. 一曲人文主义者的悲壮颂歌——《哈姆莱特》

37. 空想社会主义者构想的理想国度——《太阳城》

38. 《哈姆莱特》、骑士文学的终结之作——《唐吉诃德》

39. 归纳逻辑的奠基之作——《新工具》

40. 开启物理学大门的巨著——《关于托勒密和哥白尼两大世界体系的对话》

41. 超人智慧杰作——《自然哲学的数学原理》

42. 西方政治思想的理论著作——《政府论》

43. 法国资产阶级革命的宣言书——《哲学通信》

44. 近代经验论的压轴之作——《人性论》

45. 理性与自由的法典——《论法的精神》

46. 经济学世上的奇迹——《经济表》

47. 欧洲资产阶级的福音书——《社会契约论》

48. 吹响北美独立运动的战斗号角——《常识》

49. 经济学的不朽名作——《国富论》

50. 哲学史上的"哥白尼式"的革命——《纯粹理性批判》

51. 中国古典文学的最高成就之作——《红楼梦》

52. 近代人口论理论——《人口原理》

53. 典型资产阶级社会的民法典——《拿破仑法典》

54. 对人类精神的"探险旅行"——《精神现象学》

55. 唯意志论者的开山之作——《作为意志和表象的世界》

56. 盛赞劳动的经典之作——《论实业制度》

57. 批判现实主义的杰作——《红与黑》

58. 一部时代精神的发展史——《浮士德》

59. 具辩证法思想的军事著作——《战争论》

60. 十九世纪法国社会的风俗史——《人间喜剧》

61. 全世界无产阶级革命的共同纲领——《共产党宣言》

62. 西方经济理论的结晶——《政治经济学原理》

63. 科学与上帝的较量——《物种起源》

64. 描述劳动人民悲惨命运的巨著——《悲惨世界》

65. 俄国第一部市民小说——《罪与恶》

66. 现代最伟大的经济学文献——《资本论》

67. 被誉为世界上最伟大的小说——《战争与和平》

68. 日本近代启蒙思想经典——《文明论概略》

69. 新古典经济学的代表作——《经济学原理》

70. 唯意志主义的尼采哲学——《权力意志》

71. 无产阶级革命斗争的教科书——《母亲》

72. 资产阶级实用主义的基石——《实用主义》

73. 西方现代派文学的圭臬——《变形记》

74. 一部英雄战士的交响曲——《约翰·克利斯朵夫》

75. 亚洲第一部获诺贝尔文学奖的巨著——《吉檀迦利》

76. 现代物理学最伟大的发现——《狭义与广义相对论浅说》

77. 近代教育史上的一座里程碑——《民主主义与教育》

78. 精神分析学派的奠基文献——《精神分析引论》

79. 指导十月革命的国家学说经典——《国家与革命》

80. 反映资产阶级价值观的圣书——《新教伦理与资本主义精神》

81. 唤醒国民灵魂的钟声——《阿Q正传》

82. 西方马克思主义的圣经——《历史与阶级意识》

83. 西方马克思主义的奠基之作——《马克思主义和哲学》

84. 被誉为美国最伟大的小说——《美国的悲剧》

85. 文化形态史观的最早巨著——《历史研究》

86. 中国革命理论的科学论著——《新民主主义论》

87. 二十世纪西方人学的杰作——《逃避自由》

88. 哲学领域的高层次之作——《存在与虚无》

89. 中国现代文坛上的长篇力作——《围城》

90. 西方经济学全书——《经济学》

91. 西方妇女的"圣经"——《第二性》

92. 一代青年运动的教科书——《爱欲与文明》

93. 人与自然搏斗的壮歌——《老人与海》

94. 分析哲学史上的里程碑——《哲学研究》

95. 神学奇书——《禅宗》

大学生人文素质修养推荐篇章

窗子以外

■ 林徽因

话从哪里说起？等到你要说话，什么话都是那样渺茫地找不到个源头。

此刻，就在我眼帘底下坐着是四个乡下人的背影：一个头上包着黯黑的白布，两个褪色的蓝布，又一个光头。他们支起膝盖，半蹲半坐的，在溪沿的短墙上休息。每人手里一件简单的东西：一个是白木棒，一个篮子，那两个在树荫底下我看不清楚。无疑地他们已经走了许多路，再过一刻，抽完一筒旱烟以后，是还要走许多路的。兰花烟的香味频频随着微风，袭到我官觉上来，模糊中还有几段山西梆子的声调，虽然他们坐的地方是在我廊子的铁纱窗以外。

铁纱窗以外，话可不就在这里了。永远是窗子以外，不是铁纱窗就是玻璃窗，总而言之，窗子以外！

所有的活动的颜色声音，生的滋味，全在那里的，你并不是不能看到，只不过是永远地在你窗子以外罢了。多少百里的平原土地，多少区域的起伏的山峦，昨天由窗子外映进你的眼帘，那是多少生命日夜在活动着的所在；每一根青的什么麦黍，都有人流过汗；每一粒黄的什么米粟，都有人吃去；其间还有的是周折，是热闹，是紧张！可是你则并不一定能看见，因为那所有的周折，热闹，紧张，全都在你窗子以外展演着。

在家里罢，你坐在书房里，窗子以外的景物本就有限。那里两树马缨，几棵丁香；榆叶梅横出风的一大枝；海棠因为缺乏阳光，每年只开个两三朵——叶子上满是虫蚁吃的创痕，还卷着一点焦黄的边；廊子幽秀地开着扇子式，六边形的格子窗，透过外院的日光，外院的杂音。什么送煤的来了，偶然你看到一个两个被煤炭染成黔黑的脸；什么米送到了，一个人捐着一大口袋在背上，慢慢踱过屏门；还有自来水、电灯、电话公司来收账的，胸口斜挂着皮口袋，手里推着一辆自行车；更有时厨子来个朋友了，满脸的笑容，"好呀，好呀"地走进门房；什么赵妈的丈夫来拿钱了，那是每月一号一点都不差的，早来了你就听到两个人唧唧哝哝争吵的声浪。那里不是没有颜色，声音，生的一切活动，只是他们和你总隔个窗子，——扇子式的，六边形的，纱的，玻璃的！

你气闷了把笔一搁说，这叫做什么生活！你站起来，穿上不能算太贵的鞋袜，但这双鞋和袜的价钱也就比——想它做什么，反正有人每月的工资，一定只有这价钱的一半乃至于更少。你出去雇洋车了，拉车的嘴里讨的价钱当然是要比例价高得多，难道你就傻子似地答应下来？不，不，三十二子，拉就拉，不拉，拉倒！心里也明白，如果真要充内行，你就该说，二十六子，拉就拉——但是你好意思争！

车开始辗动了，世界仍然在你窗子以外。长长的一条胡同，一个个大门紧紧地关着。就是有开的，那也只是露出一角，隐约可以看到里面有南瓜棚子，底下一个女的，坐在小凳上缝缝做做的；另一个，抓住还不能走路的小孩子，伸出头来喊那过路卖白菜的。至于白菜是多少钱一斤，那你是听不见了，车子早已拉得老远，并且你也无须乎知道的。在你每月费用之中，伙食是一定占去若干的。在那一笔伙食费里，白菜又是多么小的一个数。难道你知道了门口卖的白菜多少钱一斤，你真把你哭丧着脸的厨子叫来申斥一顿，告诉他每一斤白菜他多开了你一个"大子儿"？

车越走越远了，前面正碰着粪车，立刻你拿出手绢来，皱着眉，把鼻子蒙得紧紧地，心里不知怨谁好。怨天做的事太古怪；好好的美丽的稻麦却需要粪来浇！怨乡下人太不怕臭，不怕脏，发明那么两个篮子，放在鼻前手车上，推着慢慢走！你怨市里行政人员不认真办事，如此脏臭不卫生的旧习不能改良，十余年来对这粪车难道真无办法？为着强烈的臭气隔着你窗子还不够远，因此你想到社会卫生事业如何还办不好。

路渐渐好起来，前面墙高高的是个大衙门。这里你简直不止隔个窗子，这一带高高的墙是不通风的。你不懂里面有多少办事员，办的都是什么事；多少浓眉大眼的，对着乡下人做买卖的吆喝诈取；多少个又是脸黄黄的可怜虫，混半碗饭分给一家子吃。自欺欺人，里面天天演的到底是什么把戏？但是如果里面真有两三个人拼了命在那里奋斗，为许多人争一点便利和公道，你也无从知道！

到了热闹的大街了，你仍然像在特别包厢里看戏一样，本身不曾也不必参加那出戏；倚在栏杆上，你在审美的领略，你有的是一片闲暇。但是如果这里洋车夫问你在哪里下来，你会吃一惊，仓卒不知所答。生活所最必需的你并不缺乏什么，你这出来就也是不必需的活动。

偶一抬头，看到街心和对街铺子前面那些人，他们都是急急忙忙地，在时间金钱的限制下采办他们生活所必需的。两个女人手忙脚乱地在监督着店里的伙计称秤。二斤四两，二斤四两的什么东西，且不必去管，反正由那两个女人的认真的神气上面看去，必是非同小可，性命交关的货物。并且如果秤得少一点时，那两个女人为那点吃亏的份量必定感到重大的痛苦；如果秤得多时，那伙计又知道这年头那损失在东家方面真不能算小。于是那两边的争持是热烈的，必需的，大家声音都高一点；女人脸上呈块红色，头发披下了一缕，又用手抓上去；伙计则维持着客气，口里嚷着："错不了，错不了！"

热烈的，必需的，在车马纷纭的街心里，忽然由你车边冲出来两个人；男的，女的，各自提起两脚快跑，这又是干什么的，你心想，电车正在拐大弯。那两人原就追着电车，由轨道旁边擦过去，一边追着，一边向电车上卖票的说话。电车是不容易赶的，你在洋车上真不禁替那街心里奔走赶车的担心。但是你也知道如果这趟没赶上，他们就可以在街旁站个半点来钟，那些宁可盼穿秋水不雇洋车的人，也就是因为他们的生活而必需计较和节省到洋车同电车价钱上那相差的数目。

此刻洋车跑得很快，你心里继续着疑问你出来的目的，到底采办一些什么必需的货物。眼看着男男女女挤在市场里面，门首出来一个进去一个，手里都是持着包包裹裹，里边虽然不会全是他们当日所必需的，但是如果当中夹着一盒稍微奢侈的物品，则亦必是他们生活中间闪着亮光的一个愉快！你不是听见那人说么？里面草帽，一块八毛五，贵倒贵点，可是"真不赖！"他提一提帽盒向着打招呼的朋友，他摸一摸他那剃得光整的脑袋，微笑充满了他全个脸。那时那一点迸射着光闪的愉快，当然的归属于他享受，没有一点疑问，因为天知道，这一年中他多少次地克己省俭，使他赚来这一次美满的、大胆的奢侈！

那点子奢侈在那人身上所发生的喜悦，在你身上却完全失掉作用，没有闪一星星亮光的希望！你想，整年整月你所花费的，和你那窗子以外的周围生活程度一比较，严格算来，可不都是非常靡费的用途？每奢侈一次，你心上只有多难过一次。所以车子经过的那些玻璃窗口，只有使你更惶恐、更空洞、更怀疑，前后彷徨不着边际。并且看了店里那些形形色色的货物，除非你真是傻子，难道不晓得它们多半是由哪一国工厂里制造出来的！奢侈是不能给你愉快的，它只有要加增你的戒惧烦恼。每一尺好看点的纱料，每一件新鲜点的工艺品！

你诅咒着城市生活，不自然的城市生活！检点行装说，走了，走了，这沉闷没有生气的生活，实在受不了，我要换个样子过活去。健康的旅行既可以看看山水古刹的名胜，又可以知道点内地纯朴的人情风俗。走了，走了，天气还不算太坏，就是走他一个月六礼拜也是值得的。

没想到不管你走到哪里，你永远免不了坐在窗子以内的。不错，许多时髦的学者常常骄傲地带上"考察"的神气，架上科学的眼镜偶然走到哪里一个陌生的地方瞭望，但那无形中的窗子是仍然存在的。不信，你检查他们的行李，有谁不带着罐头食品，帆布床，以及别的证明你还在你窗子以内的种种零星用品，你再摸一摸他们的皮包，那里短不了有些钞票；一到一个地方，你有的是一个提梁的小小世界。不管你的窗子朝向哪里望，所看到的多半则仍是在你窗子以外，隔层玻璃或是铁纱！隐隐约约你看到一些颜色，听到一些声音。如果你私下满足了，那也没有什么，只是千万别高兴起说什么接触了，认识了若干事物人情，天知道那是罪过！洋鬼子们的一些浅薄，千万学不得。

你是仍然坐在窗子以内的，不是火车的窗子，汽车的窗子，就是客栈逆旅的窗子，再不然就是你自己无形中习惯的窗子，把你搁在里面。接触和认识实在谈不到，得天独厚的闲暇生活先不容你。一样是旅行，如果你背上掮的不是照相机而是一点做买卖的小血本，你就需要全副的精神来走路：你得留神投宿的地方；你得计算一路上每吃一次烧饼和几颗莎果的钱；遇着同行战战兢兢的打招呼，互相捧出诚意，遇着困难时好互相关照帮忙；到了一个地方你是真带着整个血肉的身体到处碰运气，紧张的境遇不容你不奋斗，不与其他奋斗的血和肉的接触，直到经验使得你认识。

前日公共汽车里一列辛苦的脸，那些谈话，里面就有很多生活的份量。陕西过来作生意的老头和那旁坐的一股客气，是不得已的；由交城下车的客人执着红粉包纸烟递到汽车行管事手里也是有多少理由的，穿棉背心的老太婆默默地挟住一个蓝布包袱，一个钱包，是在用尽她的全副本领的。果然到了冀村，她错过站头，还亏别个客人替她要求车夫，将汽车退行两里路，她还不大相信地望着那村站，口里噜苏着这地方和上次如何两样了。开车的一面发牢骚一面爬到车顶替老太婆拿行李。经验使得他有一种涵养，行旅中少不了有认不得路的老太太，这个道理全世界是一样的，伦敦警察之所以特别和蔼，也是从迷路的老太太孩子们身上得来的。

　　话说了这许多，你仍然在廊子底下坐着，窗外送来溪流的喧响，兰花烟气味早已消失，四个乡下人这时候当已到了上流"庆和义"磨坊前面。昨天那里磨坊的伙计很好笑的满脸挂着面粉，让你看着磨坊的构造；坊下的木轮，屋里旋转着的石碾，又在高低的院落里，来回看你所不经见的农具在日影下列着。院中一棵老槐、一丛鲜艳的杂花、一条曲曲折折引水的沟渠，伙计和气地说闲话。他用着山西口音，告诉你，那里一年可出五千多包的面粉，每包的价钱约略两块多钱。又说这十几年来，这一带因为山水忽然少了，磨坊关闭了多少家，外国人都把那些磨坊租去作他们避暑的别墅。惭愧的你说，你就是住在一个磨坊里面。他脸上堆起微笑，让面粉一星星在日光下映着，说认得认得，原来你所租的磨坊主人，一个外国牧师，待这村子极和气，乡下人和他还都有好感情。

　　这真是难得了，并且好感的由来还有实证。就是那一天早上你无意中出去探古寻胜，这一省山明水秀，古刹寺院动不动就是宋辽的原物。走到山上一个小村的关帝庙里，看到一个铁铎，刻着万历年号，原来是万历赐这村里庆成王的后人的，不知怎样流落到卖古董的手里。七年前让这牧师买去，晚上打着玩，嘹亮的钟声被村人听到，急忙赶来打听，要凑原价买回，情辞恳切。说起这是他们吕姓的祖传宝物，决不能让它流落出境，这牧师于是真个把铁铎还了他们，从此便在关帝庙神前供着。

　　这样一来你的窗子前面便展开了一张浪漫的图画，打动了你的好奇，管它是隔一层或两层窗子，你也忍不住要打听点底细，怎么明庆成王的后人会姓吕？这下子文章便长了。

　　如果你的祖宗是皇帝的嫡亲弟弟，你是不会，也不愿忘掉的。据说庆成王是永乐的弟弟，这赵庄村里的人都是他的后代。不过就是因为他们记得太清楚了，另一朝的皇帝都有些老大不放心，雍正间诏命他们改姓，由姓朱改为姓吕，但是他们还有用二十字排行的方法，使得他们不会弄错他们是这一脉子孙。

　　这样一来你就有点心跳了，昨天你雇来那打水洗衣服的不也是赵庄村来的，并且还姓吕！果然那土头土脑圆脸大眼的少年是个皇裔贵族，真是有失尊敬了。那么这村子一定穷不了，但事实上则不见得。

　　田亩一片，年年收成也不坏。家家户户门口有特种围墙，像个小小堡垒——当时防匪用的。屋子里面有大漆衣柜衣箱，柜门上白铜擦得亮亮；炕上棉被红红绿绿也颇鲜艳。可是据说关帝庙里已有四年没有唱戏了，虽然戏台还高巍巍的对着正殿。村子这几年穷了，有一位王孙告诉你，唱戏太花钱，尤其是上边使钱。这里到底是隔个窗子，你不懂了，一样年年好收成，为什么这几年村子穷了，只模模糊糊听到什么军队驻了三年多等，更不懂是，村子向上一年辛苦后的娱乐，关帝庙里唱唱戏，得上面使钱？既然隔个窗子听不明白，你就通气点别尽管问了。

隔着一个窗子你还想明白多少事？昨天雇来吕姓倒水，今天又学洋鬼子东逛西逛，跑到下面养有鸡羊、上面挂有武魁匾额的人家，让他们用你不懂得的乡音招呼你吃茶，炕上坐，坐了半天出到门口，和那送客的女人周旋客气了一回，才恍然大悟，她就是替你倒脏水洗衣裳的吕姓王孙的妈，前晚上还送饼到你家来过！

这里你迷糊了。算了算了！你简直老老实实地坐在你窗子里得了，窗子以外的事，你看了多少也是枉然，大半你是不明白，也不会明白的。

选自《林徽因文集》，当代世界出版社，2010 年版。

▶ [作者简介]

林徽因（1904—1955），福建闽县（今福建福州）人，生于浙江杭州，作家，中国现代文学史上的四大才女之一，中国第一位女性建筑学家，被胡适誉为"一代才女"。

温一壶月光下酒

■ 林清玄

煮雪如果真有其事，别的东西也可以留下，我们可以用一个空瓶把今夜的桂花香装起来，等桂花谢了，秋天过去，再打开瓶盖，细细品尝。

把初恋的温馨用一个精致的琉璃盒子盛装，等到青春过尽垂垂老矣的时候，掀开盒盖，扑面一股热流，足以使我们老怀堪慰。

这其中还有许多意想不到的情趣，譬如将月光装在酒壶里，用文火一起温来喝……此中有真意，乃是酒仙的境界。

有一次与朋友住在狮头山，每天黄昏时候在刻着"即心是佛"的大石头下开怀痛饮，常喝到月色满布才回到和尚庙睡觉，过着神仙一样的生活。最后一天我们都喝得有点醉了，携着酒壶下山，走到山下时顿觉胸中都是山香云气，酒气不知道跑到何方，才知道喝酒原有这样的境界。

有时候抽象的事物也可以让我们感知，有时候实体的事物也能转眼化为无形，岁月当是明证，我们活的时候真正感觉到自己是存在的，岁月的脚步一走过，转眼便如云烟无形。但是，这些消逝于无形的往事，却可以拿来下酒，酒后便会浮现出来。

喝酒是有哲学的，准备许多下酒菜，喝得杯盘狼藉是下乘的喝法；几粒花生米和盘豆腐干，和三五好友天南地北是中乘的喝法；一个人独斟自酌，举杯邀明月，对影成三人，是上乘的喝法。

关于上乘的喝法，春天的时候可以面对满园怒放的杜鹃细饮五加皮；夏天的时候，在满树狂花中痛饮啤酒；秋日薄暮，用菊花煮竹叶青，人与海棠俱醉；冬寒时节则面对篱笆间的忍冬花，用腊梅温一壶大曲。这种种，就到了无物不可下酒的境界。

当然，诗词也可以下酒。

俞文豹在《历代诗余引吹剑录》谈到一个故事，提到苏东坡有一次在玉堂日，有一幕士善歌，东坡因问曰："我词何如柳七（即柳永）？"幕士对曰："柳郎中词，只合十七八女郎，执红牙板，歌'杨柳岸，晓风残月'。学士词，须关西大汉、铜琵琶、铁棹板，唱'大江东去'。"

东坡为之绝倒。

这个故事也能引用到饮酒上来，喝淡酒的时候，宜读李清照；喝甜酒时，宜读柳永；喝烈酒则大歌东坡词。其他如辛弃疾，应饮高粱小口；读放翁，应大口喝大曲；读李后主，要用马祖老酒煮姜汁到出怨苦味时最好；至于陶渊明、李太白则浓淡皆宜，狂饮细品皆可。

喝纯酒自然有真味，但酒中别掺物事也自有情趣。范成大在《骖鸾录》里提到："番禺人作心字香，用素茉莉未开者，着净器，薄劈沉香，层层相间封，日一易，不待花萎，花过香成。"我想，应做茉莉心香的法门也是掺酒的法门，有时不必直掺，斯能有纯酒的真味，也有纯酒所无的余香。我有一位朋友善做葡萄酒，酿酒时以秋天桂花围塞，酒成之际，桂香袅袅，直似天品。

我们读唐宋诗词，乃知饮酒不是容易的事，遥想李白当年斗酒诗百篇，气势如奔雷，作诗则如长鲸吸百川，可以知道这年头饮酒的人实在没有气魄。现代人饮酒讲格调，不讲诗酒。袁枚在《随园诗话》里提过杨诚斋的话："从来天分低拙之人，好谈格调，而不解风趣，何也？格调是空架子，有腔口易描，风趣专写性灵，非天才不辨。"在秦楼酒馆饮酒作乐，这是格调，能把去年的月光温到今年才下酒，这是风趣，也是性灵，其中是有几分天分的。

《维摩经》里有一段天女散花的记载，正是菩萨为弟子讲经的时候，天女出现了，在菩萨与弟子之间遍洒鲜花，散布在菩萨身上的花全落在地上，散布在弟子身上的花却像粘黏那样粘在他们身上，弟子们不好意思，用神力想使它掉落也不掉落。仙女说："观诸菩萨花不着者，已断一切分别想故。譬如，人畏时，非人得其便。如是弟了畏生死故，色、声、香、味，触得其便也。已离畏者，一切五欲皆无能为也。结习未尽，花着身耳。结习尽者，花不着也。"

这也是非关格调，而是性灵。佛家虽然讲究酒、色、财、气四大皆空，我却觉得，喝酒到极处几可达佛家境界，试问，若能忍把浮名换作浅酌低唱，即使天女来散花也不能着身，荣辱皆忘，前尘往事化成一缕轻烟，尽成因果，不正是佛家所谓苦修深修的境界吗？

选自《林清玄散文精选》，浙江文艺出版社，2004 年版。

▶ ［作者简介］

　　林清玄，生于 1953 年，台湾高雄人，当代著名作家、散文家、诗人、学者。曾任台湾《中国时报》海外版记者、《工商时报》经济记者、《时报杂志》主编等职。他是台湾作家中最高产的一位，也是获得各类文学奖最多的一位，也被誉为"当代散文八大作家"之一。主要作品有《莲花开落》《冷月钟笛》《白雪少年》《鸳鸯香炉》《迷路的云》《金色印象》《玫瑰海岸》《玄想》《清欢》《林泉》等。

我心目中的动画

■宫崎骏

我自己的动画观——简单的说，"会让我想要亲自下去做的作品，就是我的动画"。

动画的范围很广，从电视卡通到广告、实验电影、商业电影等都有。然而不管是哪一类，只要不是我想做的，就算有第三人说它是动画，我也不认为它是动画。

这只是我个人的观点，在面对工作时并不见得就能如此随心所欲。事实上，我也常常咬着牙努力。在这些过程中，《未来少年柯南》正是我"最想做的作品"，而且，也是个令人愉快的工作。

动画所创造的架空·虚构的世界，是漫画杂志、儿童文学或写实电影都无法达到的境界。把自己喜爱的人物放任那个舞台上再去完成一出戏——这就是我心目中的动画了。 想要拥有自己的世界……

近几年来，以中学生为主的这一代"新新人类"很迷动画，我想我明白其中的原因，或者说，我晓得这整个背景。

我最迷漫画的时候，也正是我准备入学考试的时候。这个年龄阶段看似自由，其实有很多地方受到压抑：既要读书，又对异性有强烈的憧憬。于是，想要发泄的青少年便会想要"拥有自己的世界"——一个连父母也不知道，只为我所拥有的天地。而动画便成了此世界中的一环。

我把这种情感称之为"向往失落的世界"。他们想，自己如果不是现在的身份，或许能有另一番作为——这种心情，也使得青少年热衷于动画。

有时候，我们会用"乡愁"来形容成年人对童年时代的怀旧心情，其实，三岁五岁的小孩子也会有类似乡愁的感情。甚至，每个年龄层都一定有。只是年纪越长，乡愁的宽度和深度都变大了。

我相信，创造动画的原点就在于此。

人从出生的那一刻起，"可能性"就在渐渐丧失。站在人类历史的角度来看，生在一九七八年的人，在诞生的瞬间，所失去的就是诞生在其他年代的可能性。所以人们要到幻想的世界里悠游，这是一种对失去的那些可能性的幢憬，也可以说是创造动画的原动力。

就算大多数的人不会认为自己所处的环境有什么不幸，但总觉得有些不满足。

《安妮的日记》（Anne Frank 著）拥有广大的青少年读者，或许就是因为安妮所处的状况令他们"羡慕"吧！在边缘状态中紧张求生——正是他们所向往的人生。不过话虽如此，如果让他们的现实生活也卷入类似的漩涡，他们又会强烈拒绝。换句话说，人之所以会对悲剧里的主人翁有所憧憬，乃是基于一种自我陶醉心态，想在戏剧作品里找东西来"代替"自己所失去的东西。

　　以我自己的经验来看也是如此。我之所以爱上动画，是从看了东映动画的《白蛇传》（昭和三十年作品）开始。剧中的白娘子美得令人心痛，我彷佛爱上了她，因此去看了好多遍。那种感觉很像是恋爱。对当时没有女朋友的我来说，白娘子就像是情人的代替品。找到了代替品，现实生活中的不满足就可以满足了。而这些代替品可以在电影里找到，也可以在音乐或小说里发现，当然动画也是其中之一。

　　现在迷动画的这些新新人类们，终有一天会脱离这个圈子，到别的领域去寻找代替品的；寻找代替品的方式会随着年龄改变，我认为这很正常。 如果是我做的话……

　　不管怎么说，我是因为《白蛇传》而踏上了动画师这条路。这十五年来，我在创造作品的同时，仍然维持着"看看好作品，然后超越它"的心态。

　　刚才说的《白蛇传》我反复看了很多回。其实我看着看着便认为"这部作品是骗人的"。哪里骗人呢？为了突显男主角许仙和美丽白娘子的悲剧性，剧里其他的人物竟然一点也没有着墨。喜欢归喜欢，一旦想到这部作品的败笔，我不由得心生"如果是我来做，我会如何如何"的念头。

　　现在，会让我看了心跳不已及愕然良久的作品实在太少了。就算一年只有一部也好，我总在找寻那可以令我怦然心动的作品。这不只是对我们，对所有人来说也都是如此，那样的动画才是真正的好动画吧。可是，要形成那样的作品，除了靠画家一张一张专注地去画、动画师投入全副心力去做之外，别无他法。然而，现实并不允许这样的情况，就算动画师完全投入，也不能期待会得到对等的回报。

　　结果，当我们想要完成某个作品时，便无法期待有人会愿意饿着肚子来参与。

　　我在这里所说的动画制作，和创作实验电影是完全不同的两回事。也就是说，是以儿童和一般观众为对象的一般商业动画作品。这样的作品，是无法凭一己之力完成的。所谓的动画必定是群体作业，要透过每个人的特质去驱动它，所以，作品绝不是只为一人而完成：它应该既属于全体，也属于个人。在这样的环境下创造出来的东西，才能吸引更多的观众——这一点是我们的心愿。

以"现实主义"为中心

现在的电视卡通很流行跟机械有关的故事。我自己也画过不少机械动画。

可是，看看一般的作品，主角驾驶着无法制造的庞大机器，跟敌人作战后打赢对方。我不喜欢这种作品。不管是什么样的机器人都好。它应该是主角花功夫做出来且坏了是由主角自己动手将它修好的——我认为这才是真正的机械的故事。

在现代社会，人类是附属于机器的，而机器掌握了人类的命运之钥。相对于这样的现况，人类便在动画的世界里驱动机器。虽然动画有这样的"特权"，然而大多数的作品都选择放弃。

人们总是向往着"强者"或"力量"，自古以来日本人只要出现有像鞍马天狗这一类的超人故事时，他们就会借由移情作用将自己同化成主角，并因此而乐在其中。可是，现代的超人故事都跟机械或技术脱不了关系。那个时候，就算那个机械是由一个人来启动的，但在启动之前，也应该有几个机械设计者或一个技术团队吧。至少要画出这个部分，"虚构"的世界才会"成真"，没有画出那个背景的作品，我不喜欢看。

也因为这样，所以我不看动作片。在创作《未来少年柯南》时，我脑子里想的不是制作"动画"，而是制作"漫画电影"，也是基于同样的想法。

动画虽然是个"虚构"的世界，但我主张它的中心思想不能脱离"现实主义"。就算是虚构的世界，总要有些东西能跟现实世界连结，换句话说，就算是编造出来的，也要让看的人心生"原来也有这样的世界"之感。

举个例子来说，如果要从虫子的角度来描写虫虫的世界，那就不是人类借着放大镜所看到的世界，不单纯是把野草变成巨木、平地变得凹凸不平就行了，对雨、水滴等的描写，也必须完全跳脱人类的思考逻辑才行。一旦能够这样去描绘，那个世界就会变得有趣而生动。动画有这个特性，而且还能将这样的特性展现在图像上，而这也是它的迷人之处。

"趣味点"与"喜剧"

接下来，我对"趣味点"一词也有些想法。大部分的"趣味点"是嘲弄别人愚蠢的模样，可是我认为，嘲笑别人的失败并不是"趣味点"真正的意义，反而是等而下之的表现。

真正的"趣味点"应该是一个做事很努力很拼命的人，突然在日常行动上有了脱序演出的感觉吧。

好比一位美丽优雅的公主，为了要救自己的情人，便用脚踹了那个坏人一下。这么做会破坏公主温柔的形象吗？不见得，这样的动作反而让这位公主有了人性。

作品里常有所谓的"逗趣人物"出现。他们总是失败、滑倒或跌跤。我最讨厌这样的情节。

严格说来，喜剧有很多种，无法一概而论。就好像在"清秀佳人"里出现的"马修"一角般，虽然寡言却很有意思。当它令人想起"真是有人味啊"时，笑点就出来了。

在谈"动画技术"之前

前面谈了这么多，其实在制作作品时，最重要的还是想在作品里表达什么。换言之，就是主题。

有时候技术会超越了这个创作根本。不少作品的技术水准很高，可是它要表达的意涵却很模糊。看完这一类作品之后，观众反而一头雾水。

相反的，有的作品也许技术不佳，但是所表达的主题清楚，那么纵使它的完成度很低，我还是会想要给予高度的评价。

从这里做个衍生，我想给有志走进这一行的年轻朋友们一点意见。

年轻的时候，人人都想早日独当一面；这种念头让许多人先钻研起技术来。就连尚未真正入行的人也追求起技术面的知识，说起技术来也头头是道了。

然而，当你实际上走进这一行之后，会发现动画的技术层面一点都不难，没多久就能精通了。

偶尔有些高中生跑来问我，应该继续升大学好呢，还是立刻投入动画产业。我的回答都是一样的。

去上大学。哪间学校都好。你应该好好享受四年的大学生活，行有余力再来安排学画的事情。

提前四年进入这一行，并不代表能提前四年成为一个好的动画师。一踏入职业领域，工作量马上会挤得人喘不过气，你很快发现自己连好好进修的时间都没有了。

画画也是。只要够认真，画个一阵子也就有一定水准了。我劝大家在投入这一行之前，趁着还有自己的时间多多充实自我，把看事情的角度和价值观等基础原则弄稳一点。否则，你会觉得自己的人生被当成一个跟"消耗品"差不多的东西——做这一行"不红"的时间很长。在漫长的见习、修业时期里，你只有静静等待发挥的时机，而那种机会极其难得，除非有用不完的好运气，否则可以说是不可能。

等待是很累、很痛苦的。可是相反的，你更该继续坚持意向，不要失去自己的独特之处。一旦在中途放弃，剩下的路就只能成天与铅笔为伍，用"这样赚多少钱"的标准来衡量生活，然后任"收视率"来摆布你对作品的喜怒哀乐了。

对动画非常关注倒不是坏事，不过，我不希望你们浪费鉴赏作品的眼光。说真的，动画的历史很浅，能被称为名作的为数不多，若真有所谓的名作，希望你们一定要看看。在动画领域之外，许多具有传统色彩的事物也同样值得关注。尽量拓展知识的范围，在这样努力的过程中，你的"独特之处"就会蕴生出来了。

现在"真正学习"！

在外人眼里，动画界似乎多彩多姿，是个很有意义的工作。的确，它有多彩多姿的一面，我也肯定这份工作的意义。可是精彩只是它极小的一部分，而那不为人知的绝大部分却是极端的枯燥。

现在动画界的年轻一辈里，有很多只为了单纯喜欢动画而踏进这一行的人。假设要这些人在《未来少年》里画个飞行中的飞行艇，他们脑中能浮现的却只有从前在其他卡通里看过的印象。这很糟。

既然要用自己的想象力来描绘一种飞法，请你起码找一本有关飞机的书来读一读，从中演绎吧。

打开飞机历史的书来看，会发现一个叫伊果·塞考斯基的名字。塞考斯基在一九二二年建造了全世界第一架四桨复翼机，飞上了俄罗斯的天空（后来他到了美国，并在一九四一年发明了单旋式直升机）。那时这个塞考斯基坐在飞行中的四桨机里面吃东西，引擎却出了问题，于是他攀着机翼旁的支架从驾驶座站起来看。想象他当时的模样——一面承受着风压，一面望着引擎的方向，也是另一番豪情吧。试着去揣摩他当时极欲飞行成功的心情，如此入画之后的生动感，绝不是抄抄电视卡通、玩玩模型飞机或坐在喷射客机的密闭机舱里可以衍生得出来的。

我还是重申，动画制作的世界非常紧凑，虽然有一部接一部的作品问世，工作者却几乎没有读书、进修或慢慢激发创意的时间。你可能会自问：我究竟是为了什么而从事动画工作？只是为了糊口吗？要免于落入这番窘境，我还是要说，请大家好好用功。

选自《出发点》，万里机构·万里书店，2006年版。

［作者简介］

宫崎骏，1941年出生于东京都文京区，日本著名动画导演、动画师及漫画家。1963年进入东映动画公司，1985年与高田勋共同创立吉卜力工作室。2013年9月6日宣布引退。2014、2015年，宫崎骏两次获颁奥斯卡终身成就奖。宫崎骏可以说是日本动画界的一个传奇，可以说如果没有他的话，日本的动画事业会大大逊色。他是第一位将动画上升到人文高度的思想者，同时也是日本三代动画家中，承前启后的精神支柱。宫崎骏在打破手冢巨人阴影的同时，用自己坚毅的性格和永不妥协的奋斗为后代动画家做出了榜样。

宫崎骏动画作品大多涉及人类与自然之间的关系、和平主义及女权运动，出品的动漫电影以精湛的技术、动人的故事和温暖的风格在世界动漫界独树一帜。主要作品有《天空之城》《龙猫》《魔女宅急便》《幽灵公主》《千与千寻》《哈尔的移动城堡》《风之谷》《红猪》等。

歌　声

■ 米斯特拉尔

一位妇女在山谷唱歌，掠过的阴影将她遮挡，但那歌声使她挺立在田野上。

她的心破碎了，就像今天傍晚她在小溪的卵石上摔碎的水罐一样。然而她还在唱。从那隐秘的创口透出一缕歌声，变得更纤细、更强劲。在悠扬的曲调中，那歌声被鲜血沾湿了。

为着每天都有人死去，田野里其他声音都已沉寂。刚才，连那只落在最后的小鸟的啼啭也听不到了。她那不会死去的心，那为痛苦而活着的心，汇拢了一切已经沉寂的声音，现在她的歌声虽已变得高亢，但始终是甜美的。

她是在为丈夫歌唱？暮色中丈夫正默默地望着她；或者，她唱歌是为了孩子？孩子是那么迷人，使她减轻痛苦；或者，她只是为自己的心歌唱？她的心比黄昏时分孤独的孩子更加无依无靠。

这歌声使正在降临的夜晚变得慈爱，群星带着人间的甜蜜在闪烁，布满星星的天空变得通晓人情，理解大地的痛苦。

田野纯净得像月光下的水面，平原抹去那不高尚的白天的浊气，白日里人们互相憎恨。那妇女仍然在歌唱，歌声从咽喉中飞出，越过变得高尚的白天，朝着群星飞升！

选自《米斯特拉尔散文选》，百花文艺出版社，1997 年版。

▶ [作者简介]

加夫列拉·米斯特拉尔（Gabriela Mistrai，1889—1957），智利女诗人。出生于智利首都圣地亚哥市北的维库那镇。她自幼生活清苦，未曾进过学校，靠做小学教员的同父异母姐姐辅导和自学获得文化知识。她是拉丁美洲第一位获得诺贝尔文学奖的诗人。

音的世界

■ 宫城道雄

中国现当代文学作品选

172

我从七岁时起才开始和光的世界渐趋绝缘。到九岁以前，虽极微弱但还能看到一点。在我的记忆里，开始学弹琴时，尽管用手摸索着，还是看着琴弦来弹的。所以我想，我和从一降生起就没看见过物像的盲人相比，有许多不同之点。

我可以根据声音想像出东西的颜色和形状。听见京都少年舞女脚下的木屐声，便想像出儿时见过的身穿红领子友禅和服、腰上耷拉着带子的俊俏身影。

就这样，失去了光之后，在我面前却展现出无限复杂的音的世界，充分补偿了我因为不能接触颜色造成的孤寂。并且认为这就是我居住的世界，虽对光的世界不无怀念，不过现在已习以为常，并不觉得怎么样了。我失去了视力，反之，耳朵的听觉却格外的灵敏。关于音我想得很多，很想谈一谈由于音使我想到的事。

我认为音和色有着不可分的关系。音中有白音、黑音、红音、黄音等种种的音。听见白音就想起纯洁、圣人和僧侣等；听见黑音就想像到黑暗、坏人等。因此，在一个个音里还是有着性格和色彩的。

我作曲时，总想把重点放在旋律上加以表现，而在和声方面，就想着这音和色，设法提高效果。表现湖泊时，我就想凭借旋律与和声造成让人想象出那透明的碧蓝色湖水的音响来。为了使之产生秋天的气氛，绝不会忘记在用凄凉的旋律的同时，还要配上枯叶飘落的秋色。

算卦的人，借看手相、面相和骨相来推断一个人的人品和预卜吉凶祸福，而声音也是一样的。世界上没有相同的面相，声音也是因人而异。声音有强弱、清浊、高低之分，还有干巴巴的声音、圆润的声音、娇滴滴的声音、粗野的声音等，千差万别。

根据声调便可知道该人的气质和脸形。特别是性格容易从声音中表现出来，并且大体上能想像出此时此刻那人的表情。胖人和瘦人的声音截然不同。头脑的聪敏和迟钝，只要一听声音，大抵也可以知道。还有，同一个人，心存烦恼时，尽管强为欢笑，也马上可以知道。人们常说："您的气色不好看，怎么的了？"而我却想问："你的音色不好，怎么的了？"

我虽目不能视，但凭各种声响和周围的空气，可以感到早晨、白天和夜间的气氛。

对于大自然的音响，因为自己是搞音乐的，就格外感到亲切。同是风，松涛声、风卷枯叶声、风摆垂柳声、短竹的萧萧声等，各有情趣。

我喜欢雨声，特别是春雨最惹人喜爱。那檐头滴答的雨滴声，沁人心脾。

远处的海啸声，瀑布声，小河流水声，峡谷里淙淙的溪流声，水车徐缓的转动声，全都具有诗情画意。

我还钟爱小鸟。住在喧嚣的京城之中，听不见鸟儿在大自然的森林或树丛中自由的歌唱的声音，令人寂寞。而当我心头涌起作曲的兴致，极思沉浸于自然的声响之中时，那种对自然的怀念之情，让我坐卧不宁。

自然的声响，可以说无一不是音乐。与其欣赏出现于陈词滥调的诗歌和音乐的东西。不如去倾听大自然的声音，更加令人振奋。我们不论怎么努力，也作不出胜过自然界的作品来。

我最恐惧的声音，要算雷鸣了，没有比它更可怕的。一听见在远处发出隐约的隆隆之音，心中便不安起来。等到发出震天动地的巨响时，令人惊心动魄，不知所措。这时，无人在侧反而更好。那带有威严的强音，渐渐迫近，不知将会怎样。这倒并非因为惜命，总之我不喜欢听那声音。

仅次于雷鸣令人害怕的是电车交叉点的声响。我站在交叉点时，简直像甘冒生命危险的事一般。从四面八方轰鸣着开过来的电车，鸣声喇叭开过来的汽车，此外还有载重汽车、摩托车等，似乎都朝我开过来。尽管有人牵着我的手，仍惴惴不安，身不由己的要采取躲避的姿势。

我夜间常常失眠，作曲也多在人们安睡之后进行。彻夜作曲是常有的事。所以，我对夜间的各种声响感到格外可亲。我尤其喜欢雨夜。雨夜作曲，心绪宁静，头脑灵敏，更易谱出满意的乐章。

入夜，随着周围愈益安静，白昼听不到的声音清晰可闻。从小虫振翅的微细声音到柜橱里老鼠咬东西的窸窣声，水管子的水滴落到水桶里的声响，还有远处火车的汽笛声，都在提醒人，已是夜阑人静了。也有人问我："反正你看不见，白天晚上都一样，在夜间干，你不至于害怕吧？"其实，我还是害怕的。

夜气袭人，这只从皮肤的触感上便可知道。这种时刻常会听到乐器的自鸣，叫人毛发悚然。不记得是什么时候了，曾听铃木鼓村先生说过："听见琴的自鸣声音，便直感到死之降临。"深夜作曲时，在身子周围竖起了各种乐器，声调齐全，自己独自端坐在当中，有时乐器发出的声响正好与自己刚刚想出的音调不谋而合。我想，这也许是因为飞虫撞到琴弦上，也许由于空气的干湿变化等原因使丝弦出现松弛而发出声响，总之，禁不住为之惊惧不安。有时想到，如果许多的乐器同时发声，可怎么是好呢？于是浑身一哆嗦，这时真想从屋子里逃出去。

诸如此类，对万物一一侧耳倾听，仔细玩味，声音给你带来的感奋将是无穷无尽的。

选自《当代人》，2012 年第 7 期。

▶ ［作者简介］

宫城道雄（1894—1956），具有世界声誉的日本民族音乐家、邦乐作曲家、筝演奏家和散文家。七岁失明。毕生致力于发展邦乐及改革民族乐器，曾发明十七弦短筝、八十弦筝及大胡弓琴，并对筝的传统演奏手法进行革新。主要作品有《戏水》《春之海》《越天乐变奏曲》及《盘涉调协奏曲》等。

这个世界的音乐

■ 刘易斯·托马斯

我们面临的问题之一，是随着我们拥挤地生活在一起，我们的通信系统越来越复杂，我们彼此发出的声音变得更像嘈杂声，是偶然的或无关紧要的，我们很难从这噪声里选择出有意义的信号来。当然，原因之一，是我们似乎不能把通信仅限于携带信息的、切题的信号。假如有任何新的技术来传播信息，我们好像一定会用它来进行大量的闲聊。我们之所以没有灭顶于废话之中，只是因为我们还有音乐。

使人聊以慰藉的是，听说较新的学科生物声学须得研究别的动物相互发出的声音中存在的类似问题。不管它们有什么样的发声装置，大多数动物都要发出大量含糊不清的嘟哝声。需要长期的耐性和观察，才能把那些缺乏句法和意义的部分加以剔除。为保持聚会进行而设计的那些无关紧要的社交谈话占了主导地位，大自然不喜欢长时间的沉寂。

然而总有一种持续不断的音乐潜在于所有其他信号之下。白蚁在蚁穴中黑暗的、发着回响的走廊里用头部敲击地面，彼此发出一种打击乐式的声音。据描述，这声音在人的耳朵听起来，像是沙粒落在纸上，但最近对这种声音的录音进行的摄谱学分析显示，在这敲打声中，有着高度的组织规律。这敲击声以有规律的、有节奏的、长度不同的短句出现，就像定音鼓部的谱号。

某些白蚁有时用上颚的颤动来发出一种很响的、高音的咔嗒声，10米之外都能听见。费这么大的力气来制造这样一个音符，其中一定有紧急的意义，至少对发音者是这样。发出这样的大声，它必须猛力扭动身体，以至于让反冲力把它弹到两三厘米的空中。

企图赋予这种特别的声音以某种具体的意义，那显然是有风险的，整个生物声学领域都存在这类问题。不妨想象一下，一个头脑糊涂的外层空间来客，对人类发生兴趣，在月球表面上通过摄谱仪听到了那个高尔夫球的咔嗒声，而试图把它解释为发出警告的叫唤（不大可能）、求偶的信号（没那回事），或者解释为领土占有的宣言（这倒可能）。

蝙蝠必须几乎连续不停地发出声音，以便借助声纳来察知周围所有的物体。它们可以在飞行时准确地发现小昆虫，并像有导向装置一样准确无误地向喜欢的目标快速前进。有这种高超的系统来代替眼睛的扫视，它们必定是生活在一个常伴有工业声、机器声的蝙蝠的超声世界里。然

175

附

录

而，它们也彼此交流，也发出咔嗒声和高调的问候。另外，有人还听见，它们在树林深处倒挂身体休息时，还发出一种奇异的、孤凄的、清脆如铃的可爱声音。

几乎所有可被动物用来发声的东西都被用上了。草原松鸡、兔子和老鼠用脚爪发出敲击声；啄木鸟和其他几种鸟类用头部梆梆地敲打；雄性的蛀木甲虫用腹部的突起敲击地面，发出一种急促的咔嗒声；有一种小甲虫叫做 Lepinotus inquilinus，身长不到两毫米，却也发出隐约可闻的咔嗒声；鱼类发声靠叩动牙齿、吹气或用特殊的肌肉来敲击定音用的、膨大的气囊；甲壳纲动物和昆虫用生有牙齿的头部位固体振动而发声；骷髅天蛾用吻作洞萧，吹奏出高调的管乐声。

猩猩拍打胸脯作某种交谈。骨骼松散的动物把骨节摇得咯咯作响。响尾蛇那样的动物则用外装结构发声。乌龟、短吻鳄和鳄鱼，甚至还有蛇，也能发出各种各样某种程度的喉音。有人听到水蛭有节奏地敲击叶子，以引起别的水蛭的注意，后者则同时敲击作答。连蚯蚓也能发出一组组微弱的、规则组合的断音符。蟾蜍互相对歌，朋友们则报以应答轮唱。

鸟类歌声中事务性通信的内容已有人作了那么多分析，以至于看起来它们没有多少时间从事音乐。但音乐还是有的。在警告、惊叫、求偶、宣布领地、征募新友、要求解散等词汇的背后，还有大量的、重复出现的美妙音乐，说这些是八小时以内的事务性语言是难以讲通的。我后院里的画眉低首唱着如思如慕、流水般婉转的歌曲，一遍又一遍，我强烈的感觉是，它这样作只是自得其乐。有些时候，它似乎像一个住在公寓里的专业歌手一样练唱。它开始唱一段急奏，唱到第二小节的中间部分哑然而止，似乎那儿应该有一组复杂的和声。它重新从头再来，但还是不满意。有时它明显地改用另一套乐谱，似乎在即兴来几组变奏。这是一种沉思的、若询若诉的音乐。我不能相信它只是在说，"画眉在这儿"。

歌鸲能唱婉转的歌子，其中含有它可以随自己的喜爱重新安排的多样主题；每一个主题的音符构成句法，种种可能的变奏曲形成相当可观的节目单。北美的野云雀能熟练运用三百个音符，它把这些音符排成三到六个一组的乐句，谱出五十种类型的歌曲。夜莺会唱二十支基本的曲子，但通过改变乐句的内部结构和停顿，可以产生数不清的变化。苍头燕雀听其他的同类唱歌，能把听来的片断输入自己的记忆里。

人类普遍地表现出创作音乐和欣赏音乐的需要。我不能想象，甚至在我们最古老原始的时代，当一些天才画家在洞穴里作画之时，附近就没有一些同样具有创造才能的人在创作歌曲。唱歌像说话一样，乃是人类生物性活动的主导方面。

其他器乐演奏家，比如蟋蟀或蚯蚓，它们单独演奏时听起来或许不像音乐，但那是因为我们听的时候脱离了上下文。如果我们能一下子听到它们合奏，配上全套管弦乐器，那巨大的合唱队集合在一起，我们也许就会听出其中的对位音，音调和音色的平衡，还有和弦和各种亮度。录制的座头鲸歌曲，充满力度和肯定，模糊和暗示，不完整，可以将它当作一个声部，好像是管弦乐队的一个孤立的音部。假如我们有更好的听力，听得见海鸟的高音，听得见成群软体动物有节奏的定音鼓，甚至听得见萦绕于阳光中草地上空的蚊蚋之群飘渺的和声，那合成的音响大约会使我们飘然欲飞的。

当然还有其他方法来解释鲸鱼之歌。那些歌也许是有关航行，或有关浮游节肢动物的来源，或有关领地界限的简单而实打实的叙述和声明。但迄今证据还没有得到。除非有一天有人证明，这些长长的、缭绕如卷的、执着的曲调，被不同的歌唱者重复着，又加上了它们各自的修饰，这不过是为了向海面下数百英里之外传递像"鲸鱼在这儿"之类寻常的信息。否则，我就只能相信，这些曲调是真正的音乐。不止一次，有人看到鲸鱼在歌唱的间歇，完全跃出水面，然后以背着水，全身沉浸于阔鳍击出的波涛之中。也许它们是为刚才的一支歌如此成功而喜悦，也许是为环球巡游归来之后，又听到了自己的歌而庆贺。不管怎样，那样子就是在欢腾。

我想，造访我的外星客人听到我的唱片放第一遍时，会同样的迷惑不解。在他听来，第十四号四重奏也许是发布某种讯息，意思是宣布"贝多芬在此"，而经过时间的流逝，湮没于人类思想的洋流中之后，过了一百年，又有一个长长的信号回应它，"巴尔托克在此"。

假如像我所相信的那样，制造某种音乐的驱力如同我们其他的基本生物功能一样，也是我们作为生物的特点，那么其中必有某种道理。既然手边没有现成的解释，那我自可冒昧作出一个。那有节奏的声音，也许是另外什么事的重现——是一种最最古老的记忆，是一支舞曲总谱，记载了混沌中杂乱无章的无生命的物质转化成违反概率的、有条有理的生命形式的过程。莫罗维茨（Morowitz,H.J.）以热力学的语言提出见解，他的假说是，从无穷尽的太阳那里，不断地流向外层空间这个填不满的窟窿的能量途经地球时，从数学上来看，不可避免地要使物质组织成越来越有序的状态。由此产生的平衡行为是带化学键的原子不停地组成越来越复杂的分子，同时出现了贮存和释放能量的循环。太阳能处在一种非平衡的稳定状态（假定如此），不会仅仅流到地球，然后由地球辐射开去。从热力学上讲，它势必要把物质重新安排成对称形式，使之违反概率，反抗熵的增加，使之提高——姑且这样说吧——成为在不断重排和进行分子修饰的变化状态。在这样一种系统中，结果就会出现一种偶然的有序状态，永远处在陷入混沌的边缘，只是因为来自太阳的那不懈的、不断的能量潮流，才使这种有序状态没有解体，而继续违反着概率。

　　如果需有声音来代表这一过程，对我的耳朵来说，它会像《勃兰登堡协奏曲》（巴赫）的排列。但我不免纳闷，那昆虫的节奏，鸟鸣中那长段的、上下起伏的急奏，鲸鱼之歌，迁飞的百万头的蝗群那变调的振动，还有猩猩的胸脯、白蚁的头、石首鱼的鳔发出的定音鼓的节奏，是否会让人回想起同样的过程。奇怪得很，"grand canonical ensemble"（宏正则系综）这个音乐术语，通过数学被热力学借来，会成为热力学中计量模型系统的专门术语。再借回来，加上音符，它就可以说明我所想的是什么。

　　选自《细胞生命的礼赞——一个生物学观察者的手记》，李绍明译，湖南科学技术出版社，1997 年版。

▶　[作者简介]

　　刘易斯·托马斯（Lewis Thomas，1913—1994），美国医学家、生物学家、科普作家，美国科学院院士。就读于普林斯顿大学和哈佛医学院，历任明尼苏达大学儿科研究所教授、纽约大学——贝尔维尤医疗中心病理学系和内科学系主任、耶鲁医学院病理学系主任、纽约市斯隆—凯特林癌症纪念中心（研究院）院长，并荣任美国科学院院士。

雅 舍

■ 梁实秋

　　到四川来，觉得此地人建造房屋最是经济。火烧过的砖，常常用来做柱子，孤零零的砌起四根砖柱，上面盖上一个木头架子，看上去瘦骨嶙嶙，单薄得可怜；但是顶上铺了瓦，四面编了竹篦墙，墙上敷了泥灰，远远的看过去，没有人能说不像是座房子。我现在住的"雅舍"正是这样一座典型的房子。不消说，这房子有砖柱，有竹篦墙，一切特点都应有尽有。

　　讲到住房，我的经验不算少，什么"上支下摘"，"前廊后厦"，"一楼一底"，"三上三下"，"亭子间"，"茅草棚"，"琼楼玉宇"和"摩天大厦"各式各样，我都尝试过。我不论住在哪里，只要住得稍久，对那房子便发生感情，非不得已我还舍不得搬。这"雅舍"，我初来时仅求其能蔽风雨，并不敢存奢望，现在住了两个多月，我的好感油然而生。虽然我已渐渐感觉它是并不能蔽风雨，因为有窗而无玻璃，风来则洞若凉亭，有瓦而空隙不少，雨来则渗如滴漏。纵然不能蔽风雨，"雅舍"还是自有它的个性。有个性就可爱。

　　"雅舍"的位置在半山腰，下距马路约有七八十层的土阶。前面是阡陌螺旋的稻田。再远望过去是几抹葱翠的远山，旁边有高粱地，有竹林，有水池，有粪坑，后面是荒僻的榛莽未除的土山坡。若说地点荒凉，则月明之夕，或风雨之日，亦常有客到，大抵好友不嫌路远，路远乃见情谊。客来则先爬几十级的土阶，进得屋来仍须上坡，因为屋内地板乃依山势而铺，一面高，一面低，坡度甚大，客来无不惊叹，我则久而安之，每日由书房走到饭厅是上坡，饭后鼓腹而出是下坡，亦不觉有大不便处。

　　"雅舍"共是六间，我居其二。篦墙不固，门窗不严，故我与邻人彼此均可互通声息。邻人轰饮作乐，咿唔诗章，喁喁细语，以及鼾声，喷嚏声，吮汤声，撕纸声，脱皮鞋声，均随时由门窗户壁的隙处荡漾而来，破我岑寂。入夜则鼠子瞰灯，才一合眼，鼠子便自由行动，或搬核桃在地板上顺坡而下，或吸灯油而推翻烛台，或攀援而上帐顶，或在门框棹脚上磨牙，使得人不得安枕。但是对于鼠子，我很惭愧的承认，我"没有法子"。"没有法子"一语是被外国人常常引用着的，以为这话最足代表中国人的懒惰隐忍的态度。其实我的对付鼠子并不懒惰。窗上糊纸，纸一戳就破；门户关紧，而相鼠有牙，一阵咬便是一个洞洞。试问还有什么法子？洋鬼子住到"雅舍"里，不也是"没有法子"？比鼠子更骚扰的是蚊子。"雅舍"的蚊虱之盛，是我前所未见的。"聚蚊成雷"真有其事！每当黄昏时候，满屋里磕头碰脑的全是蚊子，又黑又大，骨骼都像是硬的。在别处蚊子早已肃清的时候，在"雅舍"则格外猖獗，来客偶不留心，则两腿伤处累累隆起如玉蜀黍，但是我仍安之。冬天一到，蚊子自然绝迹，明年夏天——谁知道我还是住在"雅舍"！

　　"雅舍"最宜月夜——地势较高，得月较先。看山头吐月，红盘乍涌，一霎间，清光四射，天空皎洁，四野无声，微闻犬吠，坐客无不悄然！舍前有两株梨树，等到月升中天，清光从树间筛洒而下，地上阴影斑斓，此时尤为幽绝。直到兴阑人散，归房就寝，月光仍然逼进窗来，助我凄凉。细雨蒙蒙之际，"雅舍"亦复有趣。推窗展望，俨然米氏章法，若云若雾，一片弥漫。但若大雨滂沱，我就又惶悚不安了，屋顶湿印到处都有，起初如碗大，俄而扩大如盆，继则滴水乃不绝，终乃屋顶灰泥突然崩裂，如奇葩初绽，素然一声而泥水下注，此刻满室狼藉，抢救无及。此种经验，已数见不鲜。"雅舍"之陈设，只当得简朴二字，但洒扫拂拭，不使有纤尘。我非显要，故名公巨卿之照片不得入我室；我非牙医，故无博士文凭张挂壁间；我不业理发，故丝织西湖十景以及电影明星之照片亦均不能张我四壁。我有一几一椅一榻，酣睡写读，均已有着，我亦不复他求。但是陈设虽简，我却喜欢翻新布置。西人常常讥笑妇人喜欢变更桌椅位置，以为这是妇人天性喜变之一征。诬否且不论，我是喜欢改变的。中国旧式家庭，陈设千篇一律，正厅上是一条案，前面一张八仙桌，一旁一把靠椅，两旁是两把靠椅夹一只茶几。我以为陈设宜求疏落参差之致，最忌排偶。"雅舍"所有，毫无新奇，但一物一事之安排布置俱不从俗。人入我室，即知此是我室。笠翁《闲情偶寄》之所论，正合我意。

　　"雅舍"非我所有，我仅是房客之一。但思"天地者万物之逆旅"，人生本来如寄，我住"雅舍"一日，"雅舍"即一日为我所有。即使此一日亦不能算是我有，至少此一日"雅舍"所能给予之苦辣酸甜我实躬受亲尝。刘克庄词："客里似家家似寄。"我此时此刻卜居"雅舍"，"雅舍"即似我家。其实似家似寄，我亦分辨不清。

　　长日无俚，写作自遣，随想随写，不拘篇章，冠以"雅舍小品"四字，以示写作所在，且志因缘。

　　　　选自《梁实秋雅舍全集》，江苏人民出版社，2014年版。

▶ ［作者简介］

梁实秋（1903—1987），原名梁治华，出生于北京，浙江杭县（今余杭）人。中国著名的散文家、学者、文学批评家、翻译家，国内第一个研究莎士比亚的权威。一生给中国文坛留下了两千多万字的著作，其散文集创造了中国现代散文著作出版的最高纪录。代表作《雅舍小品》《槐园梦忆》《英国文学史》等。

喝 茶

■ 周作人

　　前回徐志摩先生在平民中学讲"吃茶"，——并不是胡适之先生所说的"吃讲茶"，——我没有工夫去听，又可惜没有见到他精心结构的讲稿，但我推想他是在讲日本的"茶道"，而且一定说得很好。茶道的意思，用平凡的话来说，可以称作"忙里偷闲，苦中作乐"，在不完全的现世享乐一点美与和谐，在刹那间体会永久，在日本之"象征的文化"里的一种代表艺术。关于这一件事，徐先生一定已有透彻巧妙的解说，不必再来多嘴，我现在所想说的，只是我个人的很平常的喝茶罢了。

　　喝茶以绿茶为正宗，红茶已经没有什么意味，何况又加糖——与牛奶？葛辛（George Gissing）的《草堂随笔》（Private Papers of Henry Ryecroft）确是很有趣味的书，但冬之卷里说及饮茶，以为英国家庭里下午的红茶与黄油面包是一日中最大的乐事，支那饮茶已历千百年，未必能领略此种乐趣与实益的万分之一，则我殊不以为然，红茶带"吐斯"未始不可吃，但这只是当饭，在肚饥时食之而已；我的所谓喝茶，却是在喝清茶，在赏鉴其色与香与味，意未必止渴，自然更不在果腹了。中国古昔曾吃过煎茶及抹茶，现在所用的都是泡茶，冈仓觉三在《茶之书》（Book of Tea，1919）里很巧妙的称之曰"自然主义的茶"，所以我们所重的即在这自然之妙味。中国人上茶馆去，左一碗右一碗的喝了半天，好像是刚从沙漠里回来的样子，颇合于我的喝茶的意思（听说闽粤有所谓吃功夫茶者自然也有道理），只可惜近来太是洋场化，失了本意，其结果成为饭馆子之流，只在乡村间还保存一点古风，惟是屋宇器具简陋万分，或者但可称为颇有喝茶之意，而未可许为已得喝茶之道也。

　　喝茶当于瓦屋纸窗之下，清泉绿茶，用素雅的陶瓷茶具，同二三人共饮，得半日之闲，可抵十年的尘梦。喝茶之后，再去继续修各人的胜业，无论为名为利，都无不可，但偶然的片刻优游乃断不可少，中国喝茶时多吃瓜子，我觉得不很适宜，喝茶时所吃的东西应当是清淡的"茶食"。

中国的茶食却变了"满汉饽饽"，其性质与"阿阿兜"相差无几；不是喝茶时所吃的东西了。日本的点心虽是豆米的成品，但那优雅的形色，相素的味道，很合于茶食的资格，如各色"羊羹"（据上田恭辅氏考据，说是出于中国唐时的羊肝饼），尤有特殊的风味。江南茶馆中有一种"干丝"，用豆腐干切成细丝，加姜丝酱油，重汤炖热，上浇麻油，出以供客，其利益为"堂馆"所独有。豆腐干中本有一种"茶干"，今变而为丝，亦颇与茶相宜。在南京时常食此品，据云有某寺方丈所制为最，虽也曾尝试，却已忘记，所记得者乃只是下关的江天阁而已。学生们的习惯，平常"干丝"既出，大抵不即食，等到麻油再加，开水重换之后，始行举箸，最为合式，因为一到即罄，次碗继至，不遑应酬，否则麻油三浇，旋即撤去，怒形于色，未免使客不欢而散，茶意都消了。

吾乡昌安门外有一处地方，名三脚桥（实在并无三脚，乃是三出，因以一桥而跨三叉的河上也），其地有豆腐店曰周德和者，制茶干最有名。寻常的豆腐干方约寸半，厚三分，值钱二文，周德和的价值相同，小而且薄，几及一半，黝黑坚实，如紫檀片。我家距三脚桥有步行两小时的路程，故殊不易得，但能吃到油炸者而已。每天有人挑担设炉镬，沿街叫卖，其词曰：

辣酱辣，

麻油炸，

红酱搽，

辣酱拓，

周德和格五香油炸豆腐干。

其制法如上所述，以竹丝插其末端，每枚值三文。豆腐干大小如周德和，而甚柔软，大约系常品。惟经过这样烹调，虽然不是茶食之一，却也不失为一种好豆食。——豆腐的确也是极乐的佳妙的食品，可以有种种的变化，惟在西洋不会被领解，正如茶一般。

日本用茶淘饭，名曰"茶渍"，以腌菜及"择庵"（即福建的黄土萝卜，日本泽庵法师始传此法，盖从中国传去）等为佐，很有清淡而甘香的风味。中国人未尝不这样吃，惟其原因，非由穷困即为节省，殆少有故意往清茶淡饭中寻其固有之味者，此所以为可惜也。

选自《周作人散文》，人民文学出版社，2005年版。

周作人（1885—1967），原名櫆寿，字星杓，浙江绍兴人。重要笔名有独应、仲密、药堂、周遐寿等。现代散文家、诗人、文学翻译家，中国新文化运动的代表人物之一。青年时代留学日本，曾任北京大学等校教授，并从事新文学写作。作小品散文，力主平和冲淡。新中国成立后，主要从事翻译工作。主要作品有《自己的园地》《雨天的书》《泽泻集》等。

美国现代舞，那风雨摇曳的未来（节选）

■ 莎拉·考夫曼 唐坤 译

    在纽约市中心，一个舞团能够连续登台献演两周半，每晚上座近2000人，下一个演出季门票也早已预售一空，数周前如此，数年来亦如此。这样的盛况惟有保罗·泰勒能办到。在现代舞界，如今能将观众拉进剧场的舞蹈编导恐怕也就只剩下了保罗·泰勒。现代舞，这个滥觞于美国，目前却踯躅前行的艺术形式已经发生了根本性的变化，一直饱受着规模缩小、重新界定、团体解散的困扰，令人深感其前途岌岌可危。

    自从默斯·坎宁汉和玛莎·格雷姆相继辞世，特怀拉·萨普数年前解散了自家舞团转战芭蕾舞和百老汇之后，若以创作活跃度和观众普及面而论，清点一下美国现代舞领域的主将，硕果似乎仅存两枚——今年7月就年满80的保罗·泰勒和54岁的马克·莫里斯。另外值得一提的则是58岁的跨界艺术家比尔·提·琼斯，他引领着一家小型团队却在这个领域拥有更多的观众。现在的问题就是：一旦这些资深前辈离去，而现代舞编导不再吸引公众和资方，聘用演员的水平和规模也再难以企及前辈，这门艺术形式究竟会发生怎样的变化？"我们培养好接班人了吗？"美国国家艺术基金会舞蹈总监道格拉斯·桑塔格也提出了同样的质疑，"对我来说，这是十分可悲的事实，我们这一代人远没有和我们正在失去的那一代人同样强大。"鉴于经济不景气，过去这十多年来，政府对舞蹈的扶持有所下降，美国舞蹈服务组织负责人安德拉·施奈德也对编导们的未来"能够蓬勃发展和巩固根基"心存疑问，她承认："我们确实正处在颠覆性的变化中，结果如何，无人得知。"

    实际上，并不是说现代舞缺乏创意，有意思的作品还在层出不穷，令人难忘的佳作不妨试举如下：沈伟表现西藏高原独特地貌景观的舞蹈探险之旅（4月29日至30日即将在肯尼迪中心上演新版）、丹·赫林那洋溢着浪漫怀旧情绪的木偶牵引舞"Disfarmer"（去年在马里兰州大学艺术中心上演）、沃利·加德纳描述复杂战略合作伙伴关系的实验作品《轻松会谈》（去年在舞蹈剧场上演）。那么问题是出在这上面吗？——像泰勒、莫里斯那样睿智聪明的天才编导还未出现……也许是吧，但请思考另一个问题：即便是出现了天才，就能改变现状吗？很显然，那种关于无论环境如何恶劣，主客观条件如何匮乏，艺术都会发展壮大的浪漫观点已经过时了。事实上，艺术同样身处市场浪潮中，如果没有一个规模庞大的公共财政支持，艺术家很难源源不断地创作出不朽之作。

乔治·巴兰钦，这位 20 世纪最有影响力的伟大芭蕾编导之一，其众多的赞助方中，仅仅靠福特基金会一家，巴兰钦的纽约市芭蕾舞团和附属学校在 1963 年就收到了惊人的 770 万美元赠款。随后，巴兰钦不仅创作了自己的经典之作《珠宝》，还创作了大量票房强劲的作品，以至于我们今天仍能感受到当年的投资效果。而当今的现代舞则从未收到过如此的厚赠。不过，话虽如此，近几年在美国，现代舞发展依靠的是公共和私人资金的适度结合。这就导致在编导界形成了主流者名利双收，而边缘者连生存都难以为继的局面。这也就意味着美国舞蹈编导在自己开发的这片热土上不再傲视群雄，而与此同时，欧洲则正进行着一系列卓有远见的工作，尤其是英国，政府对舞蹈给予了相当的财政补贴。美国的舞蹈团会逐渐发现自己正从自家地盘上被踢开——美国各大剧院的演出档期给了越来越多的国外舞团，而他们的差旅费基本上都是政府买单，政府支持也意味着这些国外院团能产生更大的生产价值，这也使得他们比起美国同行们来说有了相对低廉的演出成本。

美国国家艺术基金会设立的编导个人奖励金的取消，向来被视作美国现代舞所遭受的最严重的打击之一，今年正是取消后的第十五个年头。这个奖励金专门针对初出茅庐的艺术家而设立，曾经资助了上百名新秀，今天所有的大牌明星编导在他们的事业刚刚起步时都曾受惠于此，例如苏珊·马歇尔、史蒂芬·彼得罗尼欧、伊丽莎白·斯特雷布、道·瓦罗内等。由于国会施压，编导个人奖励金取消招致舞蹈界一片哗然和不满，以致现在还有舞蹈家们讥讽道："我们现在看到这件事的影响就是'什么也看不到！'"由于资金被切断，虽然依旧有不少舞者还在创作和展示，但看不到任何新兴舞团能有所突破，在国内和国际巡演中获得像过去一样的表演空间。而该奖励金曾经一度对现代舞赖以为生的试验和探索提供过非常重要的帮助，进而让舞蹈家们得以尝试用各种不同的全新方式开掘身体的意义。另外，该奖金并不拘泥于同一个体制下，它同样也为那些离经叛道的边缘艺术家提供资助，维多利亚·马克的舞蹈实验电影就曾获得了充足的奖金，"我们失去了对实验艺术家的一个相当重要的支持，"这位现任加州大学洛杉矶分校的舞蹈教授说，"而对于这个领域而言，这确实是相当、相当起关键作用的一部分。"

选自《中国艺术报》，2010 年 5 月 21 日。

▶ [作者简介]

莎拉·考夫曼（Sarah Kaufman），《华盛顿邮报》特约撰稿人。